Liebe deine Toten

und andere unglaubliche Geschichten

AF235739

Liebe deine Toten

und andere unglaubliche Geschichten

von

Richard Zoller

2018

Impressum

Liebe deine Toten
und andere unglaubliche Geschichten

© 2018 Richard Zoller

Herstellung und Verlag: Books on Demand, Norderstedt

Umschlaggestaltung: Richard Zoller
Filmszene, Rainer van Delken „Kiff und seine Freunde"
alle Fotos von Richard Zoller

Bibliografische Information der Deutschen Nationalbibliothek:
Die Deutsche Nationalbibliothek verzeichnet diese Publikation in der
Deutschen Nationalbibliografie; detaillierte bibliografische Daten sind im
Internet über http://dnb.d-nb.de abrufbar.

Printed in Germany

ISBN 978-3752838633

Inhalt

Foto: Kloster St. Mang, Füssen

Im Anfang ...

... oder wie so manche Geschichte entstand.

Bereits mit 15 Jahren habe ich mit einem Freund zusammen Horrorfilme auf Super 8 gedreht. Die Liebe zum Film ist in den darauffolgenden 25 Jahre nicht erloschen und es sind einige Weitere entstanden. Doch zu jedem Film benötigt man zunächst eine Idee – später gar ein ganzes Drehbuch. Einige dieser Drehbücher wurden als Film realisiert, einige haben es nicht auf die Leinwand geschafft, da man schneller schreiben als filmen kann. Hier ein kurzer Überblick der Geschichten aus meiner "filmschaffenden Phase":

Liebe deine Toten und *Aufbruch*
Diese beiden Geschichten habe ich aus zahllosen angefangenen und beendeten Drehbüchern ausgewählt, die ich Ende der 1990er und Anfang der 2000er Jahre geschrieben habe. Beide Drehbücher sind nie als Film realisiert worden. Diese beiden Skripte habe ich für dieses Buch zu Geschichten umgeschrieben, da ich nach wie vor Gefallen am Plot und den Figuren finde.

Die Kurzfilme von Zoller/van Delken – Trash und Horror vom Feinsten. *Kein Budget aber bedingungsloser Einsatz* – das war unser Motto. Aus dieser Phase sind unter anderem drei Drehbücher entstanden, die ich hier als Geschichten umgeschrieben habe:
Kiff und seine Freunde, Kindergedärm und *Reducing*
Die Geschichte zu *Kiff und seine Freunde* hat die vielleicht interessanteste Entstehungsgeschichte. Meine Frau und ich hatten

Ende der 90er Jahre einen neuen Mietvertrag unterschrieben; allerdings endete der Mietvertrag von unserem alten Haus erst nach weiteren drei Monaten. Somit hatten wir für diese Zeit ein leeres Haus zur Verfügung. Dieses Haus wollte ich unbedingt als Kulisse für einen Kurzfilm nutzen. Zusammen mit einem guten Freund, Rainer van Delken, überlegten wir uns eine Geschichte, die in einem komplett leeren Haus spielte. In diesen Tagen waren – man könnte vielleicht sagen "moderne Gangsterfilme" – weit verbreitet; Tarantino gelangte zu Weltruhm; also sollte die Geschichte irgend etwas mit einer Gangsterbande zu tun haben – Menschen, die ein großes Ding vorhatten und in dieses seltsame Haus geraten ...

Dieser Film war der Startpunkt einer fruchtbaren Zusammenarbeit: ZvD wurde gegründet – Zoller/van Delken. *Kiff und seine Freunde* gewann die *Trash Night* in Bonn. Wir drehten einige weitere Kurzfilme und wurden in den Jahren 1999 und 2000 sogar auf dem *Fantasy Film Fest* gezeigt.

Ein weiterer Film aus der Zusammenarbeit war *Kindergedärm*, die Geschichte eines wahnsinnigen Zauberers. Für die Rolle konnte Dirk Geil gewonnen werden, der mit höchstmöglichem persönlichen und körperlichen Einsatz seine Rolle überstand. Glücklicherweise konnte ich bei der literarischen Anpassung weit weniger Rücksicht auf die Hauptfigur nehmen und ihr mehr zumuten, als es Dirk sowie erleiden musste.

Reducing basiert auf eine Drehbuchidee von van Delken. Er konstruierte das Setting einer Doku-Sendung, die sich in einem Beitrag mit dem neuen, fiktiven Trend *Reducing* befasst. Mit den neusten technischen Errungenschaften in diesen Tagen war es uns möglich geworden, per Green-Screen Gegenstände unsichtbar zu machen. In einer Testaufnahme umwickelte van Delken seine rechte Hand mit einem grünen Tuch und saß vor einem grün-gefärbten Bettlaken. So sah es im Film aus, als würde die Hand fehlen. In einem ersten Drehbuchentwurf entstand die Eingangsszene, in der ein Reporter Passanten nach dem neuen Modetrend befragt. Ich baute die Idee zu einem Drehbuch aus, doch leider haben wir das Thema nicht weiter verfolgt – bis mir das Skript für diese Sammlung wieder in die Hände fiel.

Zack und weg ist der aufwändigste Film, den ich gedreht habe. Er entstand zwischen 1995 und 1998; alleine die Dreharbeiten erstrecken sich über zwei Jahre. Er hat fast eine Stunde Spielzeit, und war mein erster Film, den ich aufwändig auf Video gedreht und am Computer geschnitten habe – damals war dies ein technischer Gewaltakt. Trotzdem bekam er in der No-Budget-Szene sehr gute Kritiken.

Noch bevor ich überhaupt an das Drehbuch gedacht hatte, spukte immer wieder eine Szene in meinem Kopf herum: Ein Mann sitzt in seinem Wohnzimmer und liest Zeitung. Dann öffnet sich die Türe und es erscheint eine Gestalt, die wohl den lesenden Mann umbringen will. Dieser schaut von seiner Zeitung auf und wundert sich eher über das Erscheinen der Gestalt – erst dann wird ihm klar, dass er sich in Lebensgefahr befindet. Diese Szene warf Fragen auf. Wer sind die beiden, die sich dort treffen, was verbindet sie? Wieso schaut der Lesende erst so ratlos auf und hinterfragt das Erscheinen des vermeintlichen Mörders? Erst Ende 1995 – nach Beendigung meiner Ausbildung – hatte ich Muse, mich diesen Fragen zu widmen und arbeitete ein Drehbuch aus.

Der eigentliche Titel des Films lautete "Tot – aber glücklich" erst nach der Premiere wurde mir bewusst, dass der Film "Dracula: Dead and Loving it" von Mel Brooks (1995) im Deutschen mit "Dracula – Tot aber glücklich" übersetzt wurde. Allein deshalb habe ich die Geschichte umbenannt.

Richard Zoller, Frühjahr 2018

Hausputz

Am Sonntag war ich bereits um sieben Uhr aufgestanden. Morgen wollte mein Schatz aus der Schweiz wiederkommen; bis dahin musste ich die Wohnung auf Vordermann gebracht haben. Vorher plante ich ein kräftiges Frühstück. Das Drama begann, als ich Speck in Streifen schnitt und ich mich zum x-ten Male über das stumpfe Fleischmesser ärgerte. Ich machte kurzen Prozess und warf es fort. Nach meinem Frühstück brachte ich den Müllbeutel zur Restmülltonne. Die Haustüre fiel in dem Moment zu, als ich die Klinke greifen wollte. Unser Einfamilienreihenhaus ist das mittlere von dreien. Ich stieg über den Gartenzaun von den Kragenbuschs, denn mit Frau Müller links von uns pflegen wir ein gespanntes Verhältnis. Derweil rechnete ich nach: es war billiger, das Fenster einzuschlagen und von meinem Schwager reparieren zu lassen, als den Schlüsseldienst zu bestellen. Ich wickelte mein T-Shirt um die rechte Faust und schlug durch die Glasscheibe der Terrassentüre. Im Fernsehen sieht das ganz einfach aus, doch hier zerriss das zersplitternde Glas erst mein T-Shirt und dann meine rechten Hand. Eine Eruption von Blut ergoss sich ins Wohnzimmer, auf den Fußboden und spritzte gegen die Raufasertapete.

Als ich notdürftig meine Wunde mit einem Handtuch verbunden und das Putzzeug geholt hatte, ertönte die Klingel. Vor der Haustüre stand Frau Kragenbusch und schenkte mir ein mildes Lächeln und ließ mich in ihren großen, brauen Augen versinken. Ich erschrak ein wenig, denn ich befürchtete eine Ermahnung, da ich durch ihren Garten gegangen war. »Ich kann Ihnen alles erklären«, sagte ich, »die Haustüre ...«

»Hast du dir wehgetan?«, fragte sie und schaute auf meine Hand, dann schob sie sich an mir vorbei und ging ins Wohnzimmer. Dort griff sie meine verletzte Hand mit einem vor Mitleid überschwemmten Blick. »Das ist aber eine böse Wunde an einem so starken Mann!«, sagte sie und drückte meine spültuchumwickelte Hand an ihren Busen, beugte sich vor und hauchte einen Kuss auf eine blutfreie Stelle. Dabei konnte ich nicht verhindern, dass ich einen kurzen Blick in ihren Ausschnitt werfen musste. Als sie sich an mich schmiegen wollte, wurde es mir doch zu bunt und ich komplimentierte sie hinaus. »Leider habe ich wenig Zeit! Der Hausputz wartet!« An den Schultern schob ich sie durch die Haustüre. Ausgerechnet in diesem Moment fegte Frau Müller vor ihrer Türe die Pflastersteine. Frau Kragenbusch witterte ihre Chance: »Sie Wüstling! Da frage ich Sie nach einer Tasse Mehl und Sie grabschen mich an!«

Frau Müller ließ von ihren Pflastersteinen und konzentrierte sich ganz auf uns. Froh, Frau Kragenbusch losgeworden zu sein, verschwand ich wieder im Haus.

Da Spritzer meines Blutes hinter dem Regal Ivar zu finden waren, zog ich es vorsichtig mit den ganzen Gläsern und Blumenvasen von der Wand ab. Eine Stunde lang schrubbte ich an den Fußleisten und so wurde es ein Uhr, als es erneut klingelte.

An der Haustüre versiegte meine Spucke. Vor mir ragte Herr Kragenbusch empor. Ich wollte erklären, dass ich seiner Frau Mehl geliehen hätte, wären ihre Brüste nicht dazwischen gekommen, da begann der bärtige Mann mit seiner tiefen Stimme auf mich herabzuschreien: »Wo ist Conni?« Er packte meine unverletzte Hand und bog meinen Zeigefinger über den Handrücken. Mein Schrei lockte Frau Müller zufällig an ihren Briefkasten.

»Ich weiß es nicht! Sie ist nicht bei mir!«

»Lüg nicht! Das Luder kommt jeden Tag zu dir!« Um seinen Worten einen gewissen Kick zu geben, trat er mir gegen das linke Schienbein. Unter Schmerzen taumelte ich auf einem Bein zurück.

»Wenn ich dich mit ihr erwische, hack ich dich entzwei!«

Mit zwei verletzten Händen und einem brummenden Bein widmete ich mich wieder dem Hausputz. Bis zum Nachmittag hatte ich die Fußleisten vom Blut befreit. Bis morgen blieben nur Wände, Boden und die Glasscheibe.

Ich wollte meinen Schwager anrufen, da pochte es an der Terrassentüre. Mit Schrecken sah ich Frau Kragenbusch; sie lehnte sich an das zersplitterte Rest-Glas der Terrassentür. Ich fürchtete erneute Auseinandersetzungen, schon weil Herr Kragenbusch meine Entzweiung angedroht hatte. Ich ließ sie aber trotzdem ein, weil sie einen verwirrten Eindruck machte. Nachdem ich die Türe geöffnet hatte, verdrehte Frau Kragenbusch die Augen, nur noch das Weiße war zu sehen, ihr Gesicht war blutleer. Kraftlos stürzte sie vornüber und riss das Regal Ivar mit zu Boden. Etwa zwölf Kilo Glas verwandelten sich spritzend in Scherben. Zwischen Glas und gebrochenem Holz endete Frau Kragenbusch und ihr Sturz. Aus ihrem Rücken ragte mein Fleischmesser. Zumindest der Griff, da die Klinge komplett in ihrem Brustkorb versenkt war.

Genau in diesem Moment piepste mein altes Nokia zweimal. Ich las die SMS:»Sitze schon im ICE, bin bei Koblenz! Komme in einer Stunde, hab dich lieb!«

Mit trockenem Mund schaute ich nach draußen. Am Gartenzaun stand Frau Müller mit einem hab'-ich's-mir-doch-gedacht-Blick.

Hinter meinem Rücken hörte ich Fäuste gegen die Haustüre trommeln. Die tiefe Stimme von Herrn Kragenbusch überschlug sich.

13

Liebe deine Toten

Michaels Augen leuchteten auf, als Susi in die Küche kam. Ihre kleine Stubsnase, ihre Kurven, ihr Po – alles faszinierte ihn. Vor zwei Wochen hätte er ihre Beine noch für einen Hauch zu dick gehalten, doch das war nun alles egal!

»Tach Schatz!«, sagte sie und drückte ihm einen Kuss auf die Wange.

Barbara saß am anderen Ende des Tischs und verdrehte die Augen. »Schöne Handtasche hast du.« Ihr Ton war für ein Lob zu scharf geraten.

»Ich achte auf mein Erscheinungsbild, eine Alditüte tut's zwar auch, aber da kennst du dich besser mit aus.«

»Wenn du wirklich auf dein Äußeres achten willst, solltest du mal zum Frisör gehen.«

Victor trat unter dem Tisch sachte gegen Barbaras Bein. Dann erhob er sich. »Komm Barbara, wir gehen hoch aufs Zimmer.«

»Wieso denn, ich unterhalte mich doch gut!«

Victor verließ die Küche und zog Barbara hinter sich her.

»Ich muss jetzt was backen!«, grummelte Susi und zog die Kühlschranktüre auf.

»Vielleicht sollten wir uns eine Wohnung suchen. Seit Victor mit Barbara zusammen ist, ist er nicht mehr der gleiche. Die hat ihn voll im Griff.«

»Mit dir würde ich überall hin!«, sagte Susi, holte mit einer Hand drei Eier aus dem Kühlschrank und drehte sich wieder zu ihm und drückte ihm einen Kuss auf die Stirn. Michael griff ihr an den Po, erst entfuhr ihr ein spitzer Schrei, dann eins der drei Eier aus der Hand. Krachend zerklatschte es auf dem Boden. »Mist!«, presste sie heraus.

»Ist doch nicht schlimm.« Michael trat zum Waschbecken, rutschte auf der Eierlache aus, stolperte, hielt sich im letzten Moment am Hosenbund von Susi fest, die verzweifelt versuchte, die beiden verbliebenen Eier in ihrer Hand zu retten. Doch mit Michael als Gegengewicht zu ihren 65 Kilo und mit einer Hand weniger zum

Ausbalancieren, verlor sie das Gleichgewicht, kippte über Michael und schlug mit der Stirn auf die Arbeitsplatte. Leblos rutschte sie an den Schubladen hinab. Erst als sie auf dem Rücken lag öffnete sich ihre rechte Hand. Beide Eier fielen heraus und zerbrachen auf dem Boden.

Michael beugte sich zu ihr. Er war wie in Wachs gegossen, unfähig, irgend eine Emotion zu zeigen. Als er sich wieder erhob, wusste er, dass die Liebe seines Lebens genau hier beendet war. Susi war tot. Dann ratterte es in seinem Hirn. Müsste er sich rechtfertigen, was hier geschah? Würde man ihm glauben? Oder ihn des Mordes beschuldigen?

Er packte Susi, legte sie über die Schultern und spähte in den Flur. Kein Laut war zu hören. Er huschte die Treppe hinauf. Am oberen Ende lag rechts Victors Zimmer, links davon ging es zu seinem. Er verschwand in seinem Zimmer und legte Susi auf das Bett. Michael verrieb Reste von rohem Ei in seiner Hand. Er schaute Susi an, eine Haarsträhne war in ihr rundes Gesicht gerutscht, eine Narbe verlief quer über ihre Stirn, Susi war wunderschön.

Er atmete tief durch. So konnte es nicht weitergehen. Es war unmöglich, Susis Leiche verschwinden zu lassen. Man würde sie suchen, man würde ihm Fragen stellen. Und er war ein schlechter Lügner. Er brauchte keine Geschichte, er brauchte einen Rat.

Leise klopfte er an Victors Türe. Keine Antwort. Ob er einfach so reinkommen konnte? Noch vor zwei Wochen war das nie ein Thema gewesen. Und jetzt hatte jeder eine Freundin in die WG gebracht und schon verhielten sie sich wie alte Männer. Er drückte die Klinke hinab und trat ein.

Victor war nicht im Zimmer. Barbara lag auf dem Bett. Blut rann aus ihrem Mund. Das rechte Auge starrte zur Decke, das Linke war ein einziges Hämatom.

In der unteren Etage klappte die Küchentüre, dann näherten sich Schritte auf der Treppe. Michael schloss so schnell und leise wie er konnte die Türe und verschwand in seinem Zimmer. Blut rauschte in seinen Ohren. Dann ließ er sich auf die Knie nieder und spähte durch das Schlüsselloch in den Flur. Victor hatte eine Flasche mit grüner

Flüssigkeit in der Hand, zielstrebig trat er in sein Zimmer.

Michael hoffte, dass Victor nun aufschreien würde, dass er nichts mit Barbaras Ableben zu tun hätte, dass er genauso verzweifelt wäre wie er. Zwei alte Freunde, deren Frauen am gleichen Tag durch eine Verkettung von Unglaublichkeiten dahingeschieden wären, sie würden sich Halt geben, sich zusammen betrinken ...

Totenstille.

Michael öffnete leise seine Tür und starrte zu Victors Zimmer. Er sammelte Mut, trat zu Victors Türe, beugte sich hinab und schaute durchs Schlüsselloch.

Victor stand am Fußende des Bettes, er hatte Barbara völlig ausgezogen, ihre Kleider waren achtlos auf den Boden geworfen. Victor hatte ein vergilbtes Blatt in der Hand, von dem er einen Text murmelte. Dann ließ er das Blatt zu Boden sinken, nahm einen silbernen Becher, trank daraus – und warf sich über die Leiche. Michael hätte fast aufgeschrien. Angewidert zuckte er vom Schlüsselloch weg – doch er musste erneut hinschauen. Es gab keinen Zweifel, Victor trieb es mit seiner toten Freundin.

Michael wusste nicht wohin mit sich. In seinem Zimmer lag Susi, Victor war beschäftigt, die Küche – ausgeschlossen. Er ging in das Wohnzimmer, ließ sich auf das Sofa fallen und starrte gegen die Decke. Leere durchströmte sein Hirn.

Michael hatte das Gespür für die Zeit verloren. Schritte rissen ihn aus seiner Trance, das Tappsen näherte sich. Jemand lief die Treppe hinab. »Victor«, dachte Michael, »wie soll ich mich verhalten?« Noch bevor er seine Frage beantworten konnte, öffnete sich die Wohnzimmertüre.

Barbara war immer noch nackt. Aus ihrem grauen Gesicht starrte ein einzelnes Auge Michael an, an ihren Mundwinkel klebte noch Blut, dann hob sie ihre Hand und zeigte auf Michael.

Michael schnellte vom Sofa empor wie eine gespannte Feder, Barbara griff nach der Stehlampe und schlug auf Michael. Er duckte sich weg als die Glaskugel der Lampe auf dem Tisch zerschellte. Michael rannte aus dem Zimmer und stieß im Flur mit Victor zusammen.

Victors Augen glühten in Wahnsinn. In seiner Hand hielt er ein Messer. »Barbara! Komm her!«

Michael schubste Victor beiseite und rannte in den Keller. Victor folgte ihm. »Bleib hier! Du wirst mein Werk nicht zerstören! Ich habe das Geheimnis des Lebens gefunden!«

Michael riss die Türe zur Vorratskammer auf und erstarrte zur Salzsäule. Drei Frauenleichen lagen nebeneinander.

Victor hatte ihn erreicht. Michael hatte keine weiteren Fluchtmöglichkeiten.

»Ich habe drei Versuche gebraucht, doch jetzt habe ich das richtige Ritual gefunden!«

Barbara folgte den beiden Männern und stand hinter Victor. Auch sie hatte sich mit einem Messer aus der Küche bewaffnet. Sie hob ihre Waffe hinter Victor. Während das kalte Stahl auf Victor hinabsauste, wirbelte er blitzschnell auf dem Absatz herum und rammte sein Messer in ihren Bauch. Vollends getötet sackte sie zu Boden.

»Es geht bestimmt noch besser – bei der nächsten habe ich es perfektioniert.« Victors Augen glänzten in Fieber. Dann drehte er sich zu Michael und holte aus. Michael griff eine Dose Ravioli und warf sie Victor an den Kopf, dieser torkelte zurück und verlor sein Messer. Michael schlug unter sein Kinn und Victor ging ohnmächtig zu Boden. Als er wieder zu sich kam, war er mit Paketband gefesselt. Zwei Polizeibeamte standen neben ihn und unterhielten sich mit Michael.

»Die drei Frauen hier sind schon seit zwei Wochen vermisst. Und heute hat er diese Barbara Hasenbrink erwischt ... der hat ganz schön gewütet!«, sagte ein hagerer Beamte. Sein kleiner Kollege strich über seinen dicken Bauch und nickte.

»Irgendwann fühlen sich diese Massenmörder sicherer«, sagte der Hagere, »aber damit verraten sie sich umso schneller! Komm Josef, leg ihm Handschellen an, den nehmen wir mit!«

Josef nickte erneut und beugte sich zu Victor hinab.

Als Spurensicherung, Gerichtsmediziner und die Polizisten wieder aus dem Haus waren, genehmigte sich Michael einen Kurzen und wartete bis das Brennen aus seiner Kehle verschwunden war.

Dann ging er auf sein Zimmer.

Michael nahm das vergilbte Blatt und las murmelnd den Text. Er nahm einen Zug von der grünen Flüssigkeit aus dem silbernen Becher. Gestank von Verwesung durchzog seine Nase und breitet sich in seinem Mund aus. Dann warf er sich leidenschaftlich auf Susi.

Foto: Burgfriedhof, Bad Godesberg

Der Vigilanzkonverter

10.07., 18.26 Uhr   von: Philosophengarten@...
                    an: Loetzinn78@...

Hi Uli!

Danke, dass Du bereit bist, mir zu helfen. Du weißt, in Physik war ich immer eine Niete – obwohl ich im Bastelunterricht Erstaunliches zuwege gebracht habe!

Ansonsten läuft es nur so mittel. Ich habe schon fast 100 Anhänger gefunden, alles ganz normale Leute wie Du und ich. Wir treffen uns jeden Samstagabend, aber ich glaube, ich habe einen Fehler gemacht. Um noch glaubwürdiger meine Rolle zu spielen, habe ich zum Spenden aufgerufen – das hat so manchen verunsichert. Eigentlich müssten die Leute das aus den amerikanischen Filmen kennen, da zücken dann immer alle ihr Scheckbuch. Aber hier in Bonn läuft das anders, die Leute sind geiziger. Ich habe Schiss, dass einige die Sekte verlassen werden, aber wir brauchen jeden einzelnen! Wenn ich meinen Spendenaufruf wieder zurückziehe, denken die Leute, ich bin ein Weichei. Auch blöd. Da sitze ich wohl in der Tinte!

Alles weitere morgen!

Tschö!

12.07., 21.25 Uhr   von: Philosophengarten, an: Loetzinn78
Hi Uli!

Ich finde es einfach genial, wie du mit den Drähten und Schaltern und den ganzen Schrauben die Maschine gestern gebastelt hast. Der Plan der Maschine muss von einem wahnsinnigen russischen Wissenschaftler aus den 50er Jahren stammen. Zum Glück stellen die Leute auch die konfusesten Sachen ins Netz! Ist ja auch egal. Meinst Du, die Maschine wird funktionieren? Sag mir sofort Bescheid, wenn Du damit fertig bist!

13.07., 20.14 Uhr   von: Philosophengarten, an: Loetzinn78
Hi Uli!

Was macht die Maschine? Gibt es erste Fortschritte? Ich glaube, mir ist schon wieder ein Missgeschick passiert. Du weißt, damit ich als Priester in meiner Sekte authentischer wirke, predige ich Umkehr und Keuschheit und das jeder immer nur mit seiner Frau oder zumindest mit der festen Freundin ... na Du weißt schon. Jedenfalls bin ich gestern in ein dunkles Lokal in Köln geraten. Natürlich war es die Vorsehung, die mir den Weg zu dem unzüchtigen Ort gewiesen hat. Jedenfalls, als ich wieder heraus kam, stieß ich mit einem Bruder unserer Sekte zusammen. Peinlich, peinlich! Jetzt hat der das schon rumposaunt. Nach meinem Spendenskandal haben 20 Leute die Sekte verlassen. Jetzt geht mir, gelinde gesagt, der Po auf Grundeis. Wie viele werden jetzt gehen?

14.07., 16.31 Uhr   von: Philosophengarten, an: Loetzinn78
Hi Uli!

Gestern habe ich vor lauter Jammerei vergessen dir mitzuteilen, was ich Skandalöses herausgefunden habe – in diesem düsteren Laden, in dem ich war.

Ich bin feste davon überzeugt, dort befindet sich das Zentrum. Sie locken irgendwie Männer an. Die armen Kerle. Was mit ihnen wohl passiert? Ich habe keine Idee, wieso die Männer diesen bösen Idioten auf den Leim gehen! Ich werde mich morgen noch mal dorthin begeben und alles riskieren. Es sind weitere 10 Leute ausgetreten. Wenn das so weiter geht, können wir unseren Plan vergessen! Ich bitte Dich, beeil' Dich. Es tut mir in der Seele weh, dass Du Dich beim Löten so übel verbrannt hast. Kopf hoch Alter, wird schon wieder. Du weißt ja wofür es gut ist! Wir müssen diesen Vigilanzkonverter einfach zerstören! Wenn der Vigilanzkonverter in falsche Hände gerät, ist Schicht im Schacht! Die Maschine wird uns bestimmt retten! Wenn Du etwas brauchst, melde Dich!

16.07., 1.23 Uhr   von: Philosophengarten, an: Loetzinn78

Hi Uliuliuli ohjejoje!!

Du glaubst ja nicht, was ich heute Abend entdeckt habe!
Ich war noch mal in dem Laden in Köln, von dem ich Dir berichtet
habe. Da geht es vielleicht ab! Wahnsinn!!

Ich habe mich ganz unauffällig an die Bar gestellt und mich am
meinem Kölschglas festgehalten. Dabei habe ich aufmerksam die
Leute beobachtet. Mensch, Mensch! Da laufen vielleicht ein paar
Mädels rum! Ist mir fast die Spucke weggeblieben! Aber zurück zum
Thema. Mir fiel auf, dass einige Männer anscheinend zielstrebig,
nachdem sie ein Glas Bier mehr oder weniger unkonzentriert und
hastig ausgetrunken hatten, auf eine dunkle Türe zugingen. Ich dachte
erst, dort ging es zu den sanitären Einrichtungen. Aber nein – weit
gefehlt!

Aus dem Schatten heraus traten jedes Mal, wenn sich ein Mann der
Türe näherte, zwei grob aussehende, ganz in Schwarz gekleidete
Männer, wie Wächter, und sie hielten denjenigen auf, der sich der
Türe näherten. Nach dem die Männer diesen Wächtern jedoch ein
paar Worte gesagt hatten, wurden sie durch die Türe gelassen. Mir
war sofort klar, dass sich die Männer eines Losungswortes bedienten.
Weiß der Henker, wie sich so etwas verbreitet.

Ich beschloss, mich möglichst nah an die Wächter heranzuschleichen,
um das Losungswort auszuspionieren. Dummerweise war mein
drittes Glas Kölsch schon leer, da ich vor Aufregung stets so schnell
getrunken hatte. Leider war die Dame hinter der Theke sehr
geschäftstüchtig und gab mir immer sofort ein neues Glas.

Du weißt, dass ich nur wenig Alkohol vertrage. Trotzdem bin ich mit
einem anderen Mann, der sich der schwarzen Türe näherte, zu den
Wächtern gegangen. Dabei war mein Gang vielleicht ein wenig
unsicher. Der eine Wächter hielt mich sofort auf. Ich schaute ihm in
seine bösen, kalten Augen. Ich versuchte ihn höflich zu grüßen,
zumindest fügte ich meinem Gelalle ein freundliches Lächeln hinzu.
Der andere Wächter kümmerte sich um den Mann, mit dem ich zu der
Türe gegangen bin. Dieser Mann hatte Erfolg und sie haben ihn
passieren lassen. Den einzigen Erfolg, den ich verzeichnen konnte,

war, dass ich das Losungswort noch hörte, bevor es um mich Dunkel wurde – nach dem donnernden Schlag, direkt unter meinem Kinn. Ich bin draußen auf der Straße wieder wach geworden. Auch wenn ich das Losungswort kannte, so hatte ich keine Lust mehr, weitere Versuche zu unternehmen, um durch die Türe zu gelangen. Vielleicht morgen.

Ich wollte Dir das nur schnell mailen. Ich muss mich dringend schlafen legen. Irgendwie ist mir übel.

17.07., 11.05 Uhr   von: Philosophengarten, an: Loetzinn78
Hi Uli!

Jetzt geht es mir wieder etwas besser. Ich habe zwei Flaschen Mineralwasser getrunken und vier Aspirin eingeworfen. Ich bin noch was dusselig im Kopf.

Morgen komm ich vorbei. Bin total gespannt auf die Maschine!

Meine Gemeinde schrumpft, jetzt sind wir nur noch 35 Leute! Wenn unser genialer Abwehrtrick funktionieren soll, währen 100 Mann schön, um die Maschine mit Energie zu versorgen. Nach den alten russischen Aufzeichnungen, die ich von dieser mysteriösen Seite aus dem Netz runtergeladen habe, soll es auch mal mit 20 Leuten funktioniert haben, aber da kann man sich denken, dass die Energie ganz schön abnimmt. Ich bin mir nicht sicher, ob nicht alles floppen wird! Aber wir sind schon zu tief drin. Ich könnte mir vorstellen, dass dieses Lokal in Köln das Rattennest ist! Das müssen wir ausheben, wenn wir hier mit der Maschine fertig sind und den Vigilanzkonverter zerstört haben! Aber wenn das mit meiner Sekte schief geht, dann war alles umsonst! Dieser verdammte Vigilanzkonverter muss zerstört werden! Vorher werde ich keine Ruhe geben! Ach, ich bin so verzweifelt. Vielleicht sollte ich mich heute wieder besaufen ...

18.07., 18.35 Uhr   von: Philosophengarten, an: Loetzinn78
Hi Uli!

Ich habe die Maschine ganz behutsam transportiert, wie Du gesagt hast! Leider ist mir, als ich sie bei mir auf den Tisch stellen wollte, dieses komische Rotationsachsen-Dreh-Ding abgebrochen. Ist das schlimm?? Sieht aus, wie ein verhinderter Küchenmixer. Na egal. Du bekommst das bestimmt wieder hin.

19.07., 21.06 Uhr   von: Philosophengarten, an: Loetzinn78

ULI!!!

KATASTROPHE! Er ist weg! Diese Schweine haben ihn gestohlen! Das war heute der beschissenste Tag in meinem ganzen Leben! Alles ist aus. Tot. Vorbei. Na gut, das mit Sandra war vielleicht noch schlimmer. Diese verdammten Schweine. Ich red' jetzt von meinen Sektenanhänger. Ich komm rein und was ist? Sind nur noch 15 übrig! Und sie blickten alle so ernst. Sie wollten mit mir reden. REDEN! Die haben eh nix kapiert! Was dann kam, ist klar. Sie wollten austreten, damit ist der Plan, ihre mentalen Potenzen mit der Maschine zu zentrieren, hinfällig.

Aus. Vorbei. Jetzt bin ich allein. Du natürlich noch, aber sonst ... Dreck!

Als ich heimfuhr, habe ich mir den Kopf zerbrochen, war ja noch früh, ob uns genug Zeit bleibt, erneut eine Sekte oder sonst was zu gründen, um genügend mentales Potential zu zentrieren. Hätten wir drei Tage früher die Maschine fertig gehabt, hätte ich noch genügend Anhänger gehabt. Dann hätten wir ein Potential aufbauen können und die Chromplatte in dem verdammten Vigilanzkonverter zerstören können.

Und jetzt DAS! Pass auf: Ich komm in die Wohnung, da seh' ich schon – das Schloss haben sie aufgebrochen. Diese Dreckskerle! Da sind die doch einfach eingebrochen und haben meine Bude durchwühlt! Ekelhaft! Und dann haben sie den Vigilanzkonverter gestohlen! Er ist weg!!! Alles klar, was da auf uns zukommt. Das waren garantiert die Typen aus diesem Rattennest in Köln gewesen. Aus diesem düsteren Schuppen. Jetzt haben sie das Ding und dann steht den höllischen Armeen nichts mehr im Weg. Dieses Drissding werden sie als Schwelle benutzen – dazu ist es ja auch gedacht! Jetzt werden sie die höllischen Armeen von Marbuel herbeizitieren und auf die Erde lassen.

Und dann ist auch noch die Maschine gestern kaputt gegangen. Hab ich dir das gestern noch gemailt? Dieser Küchenmixer-Dreh-Ding-Quirl an der Seite ist volle Kanne abgebrochen. War scheiße zusammengelötete.

Verlassen, beraubt und zerstört.

Ich will sterben.

20.07., 00.08 Uhr   von: Philosophengarten, an: Loetzinn78

Nur noch schnell diese Mail. Ich halt das nicht aus. Ich fahr jetzt zu dem Schuppen in Köln und schau nach, ob ich die nicht klein kriege. Die Maschine brauchst Du morgen nicht holen und reparieren. Ich hab sie mal mitgenommen, man weiß nie. Drück mir die Daumen.

Sonst: Du warst wirklich ein prima Kumpel.

XXX

20.07., 7.32 Uhr   von: Philosophengarten, an: Loetzinn78

Uli!

Du glaubst nicht was geschehen ist! Ich bin so erleichtert, dir diese Mail schicken zu können! Ich lebe! Ich bin neu geboren! Ich bin auferstanden! Ich fühle mich leicht, wie lichtdurchströmt! Es ist großartig!

Gestern ging es mir so dreckig, ich wollte mich depressiv ins Bett legen und warten, bis ich verhungert bin. Da nagte die Vorstellung an mir, dass die Armeen Marbuels vorher kommen und mich fressen werden. Dann reifte ein unumstößlicher Entschluss in mir! Ich war der Auserwählte! Ich war es, den die Vorsehung gerufen hatte. Ich habe es in diesen Stunden wirklich verstanden! Ich habe es ganz deutlich gespürt!

Dann bin ich wieder aufgestanden und bin wie in Trance losgefahren. Ich hatte keinen Plan, wie ich mich verhalten sollte, aber ich vertraute, dass ich zur rechten Zeit das Richtige tun würde!

In Köln hat es eine geschlagene Stunde gedauert, bis ich einen Parkplatz hatte und dann bin ich nichts wie los, durch die kühle, wenn auch sommerliche Luft zu dem Lokal, mit der Maschine im Rucksack.

In der Kneipe habe ich mich nicht lange mit dem Trinken von Kölsch aufgehalten, weil ich nicht wollte, dass ich während des entscheidenden Gefechts erbrechen müsste. Ich ging zu der dunklen Türe, da hatte ich dann das erste Mal ein wenig – nun sagen wir mal – Sorge, denn ich hatte verstanden, dass ich etwas ganz Verrücktes tue. Also, ich stramm zu der Tür – und wie zu erwarten, tauchte einer der Gorillas auf. Sein eiskalter Blick traf mich und ließ meinen Angstschweiß gefrieren. Ich schwankte, so weich wurden meine Knie und einen Moment lang dachte ich, einfach wieder zu verschwinden.

»Die Losung!«, quoll die Frage aus dem unrasierten Gesicht des Primaten. Ich war zu diesem Zeitpunkt bereit, alle Pläne und Hoffnungen über den Haufen zu werfen und dem Schicksal seinen Lauf zu lassen. Mir war klar, ich war zu schwach und die Vorsehung hatte den Falschen gewählt. Ich wollte mich abwenden und das Lokal verlassen, da hörte ich mich sagen:»Technical Extasy«!

Der Halbaffe schaut mich starr an, eine Sekunde später begriff ich, was ich getan hatte. Augenblicklich durchzuckte es mich, dass die nicht blöd sind und die Losung bestimmt täglich wechseln. Ich überlegte, ob ich zugeben sollte, dass die Losung natürlich falsch sei, aber es verschlug mir die Stimme, als ich in seine eisgrauen Augen blickte. Ich fürchtete, dass er mich vielleicht wiederkannte und bestimmt seine Kräfte sammelte, zum finalen Schlag ausholen würde und meinen Schädel zertrümmern wollte. Ich schloss blitzartig mit meinem Leben ab. In diesen wenigen Hundertstelsekunden fallen mir Dinge ein, wie zum Beispiel, dass es mir unendlich leid tat, damals als Kind an jenem sonnigen Samstagnachmittag Peter nicht mit meinem Bonanzarad hab fahren lassen und darüber hätte ich in diesem Moment in Tränen ausbrechen können und den Orang-Utan um Ablass bitten wollen. Da dreht er sich um und öffnet mir die Türe.

Durch meinen wässrigen Blick erkannte ich, dass er mir den Weg frei gab. Ich jubelte im Innern Fanfarenstöße! Die Türe stand offen und ich schritt wie seine Majestät persönlich die lange Treppe hinab, einem immer noch ungewissen Ausgang der Geschichte entgegen.

Der Keller war der Knaller! Entschuldige, das sagt man immer so leicht, wenn irgendetwas ganz nett ist. Nein, dieser Keller war nun tatsächlich der Knaller. Ich hatte alles Mögliche erwartete. Höllische Rituale, grausame Verstümmelungen, oder sonstige abstoßenden Sachen. Aber nein! Das war ein Puff! Da liefen bestimmt 20 Frauen rum, die hatte kaum was an! Das musst Du Dir mal auf der Zunge zergehen lassen! Die hatten alles nett hergerichtet. Da standen flauschige Sofas, rotes schummeriges Licht, eine dicke Theke und diese Frauen! Richtig super gut gebaute, Wahnsinnskurven, aber hallo! Frauen mit wallendem Haar, oder mit kurzem Haar, lange Beine, wo Du hinschautest, kaum Stoff, der die Körper verhüllte! Da wurde mir schlagartig ein wenig heiß.

Und dann die Männer, die sich mit der Losung hier hinunter geschlichen hatten! Mit ihren Zungen am Boden schleifend und den Sabber aus dem Gesicht tropfend, standen sie da rum, grabschten an die süffisant lächelnden Frauen, packten an deren Pos und die Ladys machten ihre Kundschaft heiß.

Als ich mich ein wenig gesammelt hatte und nicht ständig nach den Schönheiten gaffen musste, da überkam mich das Gefühl, dass ich hier unter Umständen falsch sei. Die hatten einen illegalen Puff und die Männer schleichen sich hier rein und nix mit höllischen Großfürsten und Marbuel. Während die sich hier amüsieren, geht draußen die Welt unter. Schade.

Ich versuchte Maske zu wahren, fläzte mich auf eins der Sofas und prompt bekomme ich zwei hochexplosive Sachen. In die eine Hand ein Glas Kölsch, in den anderen Arm eine überaus reizende Dame. Mein Ziel stand fest. Ich kannte meinen Auftrag. Aber man muss auch wissen, mit wem man es zu tun hat. Also riskierte ich einen Blick und besah mir die Person genauer. Sie war strenggenommen ganz hübsch. Ich wollte natürlich nur herausbekommen, was hier gespielt wurde. Also habe ich mich, nur so aus Schein, auf sie eingelassen und so getan, als würde ich mich von ihr angemacht fühlen. Ihr schwarzes Haar fiel wie eine nicht enden wollende Welle an den Klippen der Normandie, vom Mondlicht beschienen, von ihrem Haupt und schien streichelnd meine Wangen verwöhnen zu wollen. Ihre Augen waren groß und schwarz, wie dunkle Eingänge zu zwei Bergwerken, unergründlich und abgrundtief. Sie kuschelte sich an mich und ihre Brüste berührten mich, so dass ich spürte, wie weich, zart und fest sie waren, wie Form gewordene Wolken am Himmel eines lauen Frühlingsabend. Ihre schlanken Beine räkelte sie auf dem Sofa und ihre zarten Unterschenkel rieben aneinander. Einer der Fußknöchel wurde von einem Goldkettchen umspielt ... also, die Beine rundeten den Körper nach unten hin harmonisch ab. Ich will dich nicht mit langweiligen Details volltexten.

»Was machen wir den heute noch?« Irgendwie fiel mir nichts Besseres ein. Besseres vielleicht schon, aber ich wollt mich nicht mit verräterischen Anmerkungen enttarnen.

»Das wird die Nacht der Nächte! Wirst sehen, mein Süßer! So etwas hast Du noch nicht erlebt!« Ihre Augen funkelten gefährlich und mir war klar, dass der Satz, kryptisch gewollt, jedoch das Mysterium offenbarte!

Unter dem Vorwand eine volle Blase zu haben, schlich ich mich zum Klo. Ich wollte erstens das Kölsch loswerden, bevor es in meinem Hals verschwand und viel dringender, ich musste die topographischen Verhältnisse exakt kennen, wie jeder Soldat, vor dem Kampf das Schlachtfeld.

Der Keller bestand aus einem großen Raum, in dem ich auf dem Sofa mit dieser männermordenden Amazone gesessen hatte und angrenzenden kleineren Zimmern. Da waren zum einen die Toiletten aber auch eine Küche und zwei weitere Räume. In dem einen befanden sich zwei Männer, die hektisch beschäftigt waren. Sie wuselten umher und es schien mir, als würden sie genau wissen, was zu tun ist. Jeder Handgriff ging Hand in Hand, wie sorgfältig geplant und exakt einstudiert. Der eine war groß und fett, der andere winzig und schmächtig. Irgendwie erinnerten sie mich an Wum und Wendelin.

Und dann entdeckte ich ihn! Unseren so mühsam erbeuteten Vigilanzkonverter. Jeder Zweifel, das sei eine normale, wenn auch illegale, Stätte des Vergnügens, zerfiel zu Staub. Sie waren hier und sie wollten die Armeen Marbuels holen. Jetzt kannte ich ihren Plan. Das, was ich zu tun hatte war nun so einfach und unumstößlich. Vor

Freude hätte ich am liebsten einen spitzen Schrei des Vergnügens gejauchzt! Doch dann vernebelte sich meine Laune wieder, die einfache Lösung war unmöglich zu realisieren. Die Maschine war kaputt und ich hatte doch keine Ahnung von der Technik.

Also, der Reihe nach. Aus den Aufzeichnungen, die wir dem zweiten und dritten Buch von Abdul Alhazred entnommen hatten, wissen wir, dass der Vigilanzkonverter ein paralytisches Bewusstseinsfeld aufbaut und die Anwesenden unter den Zwang der schlafenden Götter stellt, wie der alte Abdul sich immer ausdrückte. Also im Klartext den Willen der Leute so manipuliert, dass sie sich sehnlichst die Ankunft der 'Großen Alten' herbeisehnt, also auf neudeutsch die höllischen Großfürsten, um bei synchronisierter Schwingung der mentalen Potenzen als Schwelle zu dienen, so dass aus der dem Marbuel eigenen Dimension der Bösewicht auf die Erde transmaterialisiert werden kann. Also mit einem Satz: Der Vigilanzkonverter zapft eine Gruppe von Leuten an und schafft es, den höllischen Armeen zur Landung zu verhelfen.

Und genau das hatten die Schweine hier vor. Die locken ein paar arme Männer an, um sie später ihres Willens zu berauben, um dann deren Mental-Vigilanz-Faktor anzuzapfen, die Energie, die dann Marbuel zur feindlichen Übernahme verhelfen wird! Und das schrecklichste dabei ist, was mit den Menschen danach passiert, diese willenlosen, halbtoten Gestalten, das was von ihnen übrig bleiben wird, mehr tot als lebendig!

Und als ich kapiert hatte, dass sie die Männer in den Keller mit den Frauen nur gelockt haben, um ihre Kraft für Marbuel zu nutzen, da kam mir schlagartig die Idee, dass ihr Prinzip von dem unsrigen gar nicht so weit entfernt war. Auch ich wollte die mentalen Potenzen zentrieren, oder genauer muss es eigentlich 'kanalisieren' heißen, aber egal. Ich müh' mich drei Monate mit einer Sekte ab und die machen einfach ein Puff auf! Genial!

Wenn ich also einfach die mentale Potenz der Leute, die hier quasi extra für mich zusammengetrommelt worden sind, nutze und mit der Maschine zentriere, dann könnte ich den Vigilanzkonverter doch noch schnell zerstörten und unsere Freunde würden ordentlich in die Röhre gucken!

Aber da fiel mir ein, das blöde Ding war kaputt.

Depressionen überfielen mich. Ich ging zurück in den Raum, der mir nun sehr festlich vorkam und ließ mich auf eins der Sofas fallen. Ich wollte mich einfach von einer diesen hübschen, lieblichen, zarten Geschöpfen trösten lassen und vielleicht meinen Kummer mit einem kleinen Kölsch betäuben.

Neben mir sah ich einen Mann, wie er seine Zunge einen halben Meter tief in seine Eroberung hineinsteckte und mit seiner Hand sachte in ihrem Slip versank.

Da merkte ich erst die Leere in den Gesichtern der hier Anwesenden. Sie waren schon dabei zu mutieren. Sie waren nicht mehr sie selbst. Das Versprechen ungezügelter Lust hat sie hierhin gelockt, doch jetzt geschah Grausames mit ihnen!

Ein leichter Anflug von dezenter Panik beschlich mich.

Ich hatte mir vorgenommen, meinem Blick sollte nichts entgehen. Ich tastete die Umgebung sorgfältig mit meinen Augen ab. Der offensichtlichste Platz entging mir natürlich. Mitten im Raum stand ein kleines Tischlein. Und mitten drauf der Vigilanzkonverter. Sie hatten begonnen, das Tor zu öffnen.

Ein etwas heftigerer Anflug dezenter Panik durchflutete mich.

Ich schaute unruhig umher. Dies musste eins der Damen bemerkt und gedacht haben, ich sei einsam und so gesellte sie sich zu mir. So lieblich ihr Blick auch war, ihre Augen wie zwei glänzende, schmelzende Eisschollen im Nordpolarmeer, in dessen sich ausbreitenden Pfützen sich die Unendlichkeit des Himmels zu spiegeln schien ...

Nun, ich schaute also an ihr vorbei und sah Wum und Wendelin an der Theke irgendwas schwer am Werkeln.

Als die anmutsvolle Schönheit ihren zarten Mund auf meine Lippen legte und ihre Wärme gleich eines Kaminfeuers, entfacht in einer verschneiten Berghütte in 2000 Metern Höhe, meinen Körper durchströmte, da verfluchte ich, dass ich das zweite und dritte Buch von Abdul Alhazred nicht dabei hatte. Ich konnte mich nicht mehr genau erinnern, wie viel Zeit mir blieb, bis sich die Tore zur Hölle öffnen würde. Ich zermarterte mein Hirn, ob es mir nicht doch einfallen würde.

Als das junge, schlanke Mädchen ihre grazile Hand auf mein Knie legte und sachte an meinem rechten Oberschenkels empor fuhr und ich glaubte 1000 Scherben von zersplittertem Glas an der Innenseite meiner Venen ... jedenfalls berührte sie mich gleichzeitig mit ihrer linken Brust sanft an meiner Brust und ich fühlte das zarte Fleisch ihres wohlgeformten Busens und dabei stieß ihr unternehmungslustig emporstehendes, von der Brust hervorragendes ... also ihr Nippelchen pickste mich ehrlich gesagt und als ihre Hand nun nicht mehr weiter empor fahren konnte, und sich ihr Körper perfekt an den meinen schmiegt, und ich dieses Stechen ihres Nippelchen spürte ... bei dem Stichwort »Stechen« fiel mir das Bibel Zitat »... warum trittst Du gegen den Stachel?« ein! Wie jeder weiß, ist dies aus der Apostelgeschichte, 26 Kapitel, 14. Vers! Und 26 plus 14 sind nämlich genau 40! 40 Minuten waren es! Heroischer Triumph durchfuhr mein Glied!

Nun rechnete ich: 5 Minuten stand der Vigilanzkonverter bestimmt schon da, bis ich ihn bemerkt hatte und 5 Minuten war diese Tusse da an meinem Hosenstall am Rumfummeln und wollte mir ihren schlanken, fast nackten, weichen Körper anbieten. Also noch 30 Minuten!

Panik ergriff mich.

30 Minuten, das war – gelinde gesagt – scheiße kurz! Alle Männer und Frauen waren seltsam verändert. Mit leeren Blicken hockten sie herum. Mechanisch gaben sie sich dem Austausch von Zärtlichkeiten hin. Es war Zeit. Ich musste zum Finale durchgreifen. Ich ließ meine, nun doch schon liebgewonnene Dame zu meiner rechten Seite links liegen und stand ruckartig auf, so dass ihr Handrücken einige Kratzspuren abbekam. Von meinem Reißverschluss.

Strammen Schrittes ging ich zur Küche, holte die Maschine aus meinem Rucksack und legte sie vorsichtig auf den Tisch. Ich durchkramte in Windeseile die Schränke. In einem Fach ziemlich weit oben sah ich einen Küchenmixer. Ich riss ihn aus dem Schrank und holte ein Messer aus der Schublade, welches als Schraubenzieher zu taugen schien. Irgendwie musste sich der abgebrochene Quirl an der Seite der Maschine ersetzen lassen! Wie ich diese Frickelarbeit hasse! Ich schraubte und pusselte herum, fluchte still in mich hinein und schließlich hatte ich es nach 8 Minuten geschafft und die Maschine soweit wieder hergestellt, zumindest wie ich es überblicken konnte. Ich war mir nicht sicher, ob es tatsächlich klappen würde, doch um mir ein Magengeschwür zu ergrübeln, blieb keine Zeit!

Noch 22 Minuten bis zum Weltuntergang.

Ich schlich mit der Maschine wieder zurück. Wie die Halbtoten lagen die Menschen neben und übereinander. Ein Anblick des Grauen bot sich mir, es war höchste Zeit!

Ich schlich zur Theke, an der vorhin noch Wum und Wendelin gehockt hatten. Sie waren nun nicht mehr anwesend. Die Feiglinge! Ich fühlte mich dennoch paranoid und tastete mich vorsichtig in gebückter Haltung hinter den Tresen entlang. Wenn sie mich jetzt so kurz vorher erwischen würden, 18 Minuten vor dem Finale, blieb mir für einen Plan B keine Zeit.

Ich stellte die Maschine auf den Boden. Den Energie-Emissator richtete ich an der Theke vorbei, genau auf die Chromplatte des Vigilanzkonverter.

Als ich die Maschine in die Steckdose stöpselte, spürte ich hinter mir die Anwesenheit einer Person. Ich versuchte mir vorzustellen, wie nah sie schon sein mochte und überlegte, ob ich erst mit meinem linken Ellenbogen hart ausholen sollte und dann mit dem Knie nachlegen könnte, oder ob es vielleicht sinnvoller sei, mit dem rechten Fuß in einer eleganten Linksdrehung dem Feind die Kniescheibe zu zertreten, um dann mit einem Sprung ...

Jedenfalls erblickte ich während meiner Überlegung aus dem Augenwinkel, wie sich die junge Dame von gerade eben anschlich. Ich erschrak fürchterlich und fühlte mich erwischt. Wie ich so auf dem Boden hockte, ratterte mein Hirn auf Hochtouren. Wie sollte ich mich verhalten? Sollte ich so tun, als hätte ich mich verirrt und die Maschine selbst gar nicht bemerkt? Oder aufspringen und gegen sie auf das Übelste Gewalt anwenden? Vor dieser Möglichkeit schreckte ich zurück. Als ich noch voller Verzweiflung mit mir rang, welche

Alternativen sich mir boten, beugte sich das junge Ding zu mir herab. Ihre warme Hand berührte mich leicht am Nacken und strich meinem Rücken entlang. Am liebsten hätte ich das ganze Elend um mich vergessen und mich ihrer Zuneigung hingegeben.

Uns blieben noch 16 Minuten.

Ich robbte zur Maschine und begann, ungeachtet der reizenden Dame an meinem Körper, die Integrale zu verschieben.

Zu meinem Erstaunen kam eine weitere dieser Schönheiten herbei und gesellte sich zu ihrer Kollegin, beugte sich zu mir hinab und ... nun sagen wir mal, half ihrer Freundin. Zu meinem Erschrecken tauchte nun auch noch eine dritte dieser überaus wunderschönen Mädchen auf und zeigte keine Hemmung, mich ebenfalls zu berühren.

In Anbetracht der zu lösenden Probleme, versuchte ich diese Irritationen weitestgehend zu ignorieren und widmete mich dem Einstellen der Maschine. Innerhalb der nächsten 13 Minuten musste ich die mentalen Ausstrahlungen der hier Anwesenden mit der Maschine zentriert haben, um die Chromplatte des Vigilanzkonverter zu zerstören. Dazu waren noch einige Einstellungen von Nöten! Also habe ich mich um die zartesten Versuchungen seit Beginn des Weltuntergangs nicht mehr weiter gekümmert, sondern mich auf die Rettung des Planeten konzentriert, ohne die Frauen auch nur wahrzunehmen!

Mit meinen flinken Fingern begann ich vorsichtig die vordere Klappe der Maschine zu öffnen und freudig erblickte ich die mir gebotene Aussicht. Vorsichtig griff ich hinein und begann das zu tun, was nötig war. Nach wenigen Minuten war sie soweit, wie mir schien. Ich beugte mich tiefer und zog vorsichtig die kleine Lasche, die als Verkleidung diente, ab und schaute verträumt auf den kleinen sich mir darbietenden Knopf. Vor Aufregung hätte ich glatt vergessen können, was ich eigentlich dort wollte! Aber ich besann mich sofort und drückte zärtlich meinen Finger auf das kleine Knöpfchen. Mich durchströmte das wohlige Gefühl, bald am Ziel zu sein. Mir klopfte mein Herz und ich drang mit meinem Finger sachte in ihr Inneres vor. Ich wusste, dass ich noch zur Isolation die winzige Unterlegscheibe brauchte. Ich griff einen Meter neben mir und zog meine Jacke herbei, kramte in der Tasche und zog schließlich das Scheibchen heraus.

Voller Anmut näherte ich mich wieder der kleinen Maschine und justierte nun den Küchenquirl. Zart richtete ich ihn auf und zielte mit hoher Präzision auf die glänzende geheimnisvoll schimmernde Chromplatte. Ich wusste, dass ein wenig hydrophile Paste die Leitfähigkeit des Quirls verbessert würde. Ich griff also abermals zur Seite. Etwa anderthalb Meter links lag mein unordentlich zur Seite geworfenes Hemd. Aus der Brusttasche zog ich die Tube. Ich versorgte den Quirl, bestrich ihn sorgfältig und überprüfte die Position erneut. Gefühle höchster Aufregung durchzogen mich. Ich kannte die Energie, die sich nun sammelte, um sich schließlich zu entladen. Die Maschine meldete, dass sie Kontakt zu den mentalen Feldern hatte und sich jetzt auflud. Kribbelndes Feuer stieg in mir empor. Ich wollte nun den Arretionsschlüssel einfügen, beugte mich also unter den etwa zwei Meter von mir entfernten Stuhl, zog meine Hose hervor und kramte in den Taschen, holte den Schlüssel heraus und drang mit ihm in sie ein!

Ein Blick auf die Uhr ließ keinerlei Panik in mir aufsteigen. Noch dreißig Sekunden. In perfekter Synchronisation waren wir beide bereit zu explodieren. Ich zog den Abzug durch und das Unfassbare geschah! Alle angestaute Energie entlud sich. Eine Fontäne von Feuer, Blitzen und Funken ergoss sich, traf mitten ins Ziel, drang in den Vigilanzkonverter, der Strahl und die Chromplatte verschmolzen zu einer nie da gewesenen Einheit. Mit monströsem Getöse zersplitterte das Ungetüm. Rauch, Lärm, Farben und Licht erschütterten diesen Ort der Leidenschaft. Für einen Moment war ich mir sicher, ich wäre tot.

Als sich der Rauch gelegt hatte und ich mich wieder angekleidet hatte, ließ ich meinen kritischen Blick durch den Raum gleiten.

Zwischen all dem Chaos lagen ermattet und sich nur langsam regend, die Menschen. Einer nach dem anderen erhob sich und blickte sich verstört um. Sie waren aus ihrem Albtraum erwacht.

Die Männer, wie die Frauen waren entsetzt über die aufklärenden Worte, die ich an sie richtete. Sie verstanden, das sie gar üblen Mächten auf den Leim gegangen waren.

Meine größte Sorge galten nun Wum und Wendelin. Sie waren natürlich nicht mehr in dem Keller. Sie und ihre Komplizen, die Türwächter, waren bereits in aller Winde zerstreut! Mieses Pack.

Als wir da nun so im Keller standen und der eine nach dem anderen verstand, welch lasterhaftes Treiben eigentlich angestrebt wurde, nur um sie auszunutzen, waren sie selbstverständlich entsetzt. Mich jedoch schockierte plötzlich ein Vorschlag aus den Reihen der Geretteten. Jetzt, da die Gefahr gebannt wäre, würde doch eigentlich einer unbeschwerten Feier nichts mehr im Wege stehen!

Ich hatte das erst nicht richtig verstanden und wollte mich auf den Heimweg machen, doch da zog mich eine überaus wundervoll anzuschauende Frau an dem Kragen meines Hemdes. Sie wollte mir ganz besonders ihre Dankbarkeit beweisen. Im Hintergrund sah ich das eine und das andere Pärchen engumschlungen in die Kissen sinken ...

Was dann geschah, erzähl ich dir lieber morgen persönlich. Ich hau mich jetzt mal aufs Ohr. War 'ne lange Nacht.

Willkommen im Leben!

Filmszene: Dirk Geil in „Kindergedärm"

Kindergedärm

Liebes Tagebuch!

Gestern in den frühen Morgenstunden, es muss gegen 4.00 Uhr gewesen sein, spürte ich deutlich die Stimme aus den Urgründen des Universums, die Vorsehung, die zur mir sprach. Meine Zeit war gekommen und ich sollte aufbrechen und nun endlich zurückkehren.

40 Tage und 40 Nächte war ich hier draußen gewesen und bin durch diese staubige und sandige Einöde gezogen, wie es schon einst unsere Väter getan haben. Ich konnte in dieser Zeit Dir, liebes Tagebuch, nichts mitteilen, weil es mir unmöglich erschien, mich mit dem Niederschreiben der Geschehnisse abzulenken. Was dort draußen während der 40 Tage und den 40 Nächten in der Einsamkeit der Wüste geschehen ist, vermag ich heute gar nicht mehr in jeder Einzelheit zu berichten. Mir ist es sogar unmöglich, die Geschehnisse auch nur in einer logischen oder zeitlich korrekten Abfolge zu berichten. Alles scheint, wie im Traum, im Strudel von Emotionen, Farben und Schmerzen über mich hergefallen zu sein. Vielleicht bin ich zu einem späteren Zeitpunkt zu detaillierten Angaben fähig.

Du weißt, wie wichtig mir diese Ausflüge an den schmalen Streifen Sandstrand hier in Bonn-Oberkassel sind, den ich so liebevoll »Wüste« nenne, um nach all den Ritualen wieder Kraft zu schöpfen. Die Rituale, die Beschwörungen saugen mich aus. Die Geister und Dämonen, die ich zitiere, diese ganze unheilvolle Thematik, all das hat mich über die Monate ausgelaugt. Die Intuition lässt nach und die Kräfte schwinden. Nur ein Ausflug in die Wüste lässt mich wieder auftanken. Nun, über mangelnde Eingebungen kann ich mich während meines Ausflugs in die Wüste nicht beschweren. Ich bekam in grausamen Visionen, Fieberträumen ähnlich, das schreckliche Ende der Welt offenbart. Ja, sie soll untergehen, unsere geliebte Mutter Erde! Ein neuer Angriff wurde vorbereitet. Die Welt zu retten, das lag jetzt an mir, da niemand anders bis zu diesem Zeitpunkt diese brisanten Informationen hatte – über die neuen Pläne der Dämonen. Es handelt sich nämlich um den großen Übergriff der Armeen des Marbuels! Diese ganz scheußliche Art stinkender und todbringender

Dämonen unter dem Zeichen des Mondes. Du kennst sie, ich habe Dir oft von ihnen und meinen Kämpfen mit den Vertretern dieser Spezies berichtet! Auch war mir klar, wie ich nun vorzugehen hatte! Das ehrwürdige Ritual Aulentum! Ja, liebes Tagebuch, ich weiß, was du mir nun sagen willst. Aulentum! Es ist die einzige Möglichkeit, die Pläne des verdammten Marbuel aufzuhalten! Auch wenn Deine Seiten vor Furcht nun erzittern mögen und Du all Deine moralischen Bedenken mit mir diskutieren möchtest, ich weiß, welchen Preis man zahlen muss, doch bedenke, was auf dem Spiel steht! Das Schicksal der Welt!

Gleich nach meiner Rückkehr aus der Wüste des Oberkasseler Sandstrandes schaute ich mich um, ob ich nun ein Kind erblicken würde, um die wichtigsten Utensilien für das Aulentum-Ritual zu besorgen. Mit geschultem Blick lief ich am Rhein entlang und in der Nähe der alten Zementfabrik erspähte ich drei kleine Kinder, etwa 8 Jahre alt, die auf einer Decke saßen und Limonade tranken. Weit und breit kein Erwachsener. Diese törichten Leute! Hauptsache, die Kinder sind beschäftigt und die Eltern brauchen sich nicht weiter um sie zu kümmern! Aber ihr Eltern müsst euren Preis zahlen! Das schien mir sicher! Ich beobachtete die Kinder eine Weile und beschloss, sie mit meinem Bonbon-Trick zu ködern, um sie dann mit nach Hause zu verschleppen. Was hier mit ihnen geschehen würde weißt Du nur zu genau! Doch es musste sein!

Ich ging zu ihnen und stellte mich direkt neben einen Jungen. Die drei waren dabei, Figürchen über ein Spielbrett mit Raumschiffen drauf zu verschieben. Ich kannte das Spiel nicht. Zu meiner Zeit hat man entweder Mensch-Ärgere-Dich-Nicht oder Fangen gespielt. Na gut, da hat sich wohl einiges in den letzten Jahren verändert. Wie massiv sich die Wirklichkeit verändert hatte, konnte ich noch gar nicht abschätzen; doch das sollte ich an diesem Nachmittag schmerzlich erfahren!

Ich versuchte das süßeste Lächeln aufzusetzen, um jeglichen Argwohn bei den Kindern zu zerstreuen. Ich kramte ein Bonbon aus meiner Tasche und hielt meine Hand in ihre Mitte, damit das Bonbon auch von allen zu sehen war. Jeder sollte Lust auf diese Süßigkeit bekommen. Wie meine Hand also am ausgestreckten Arm so zwischen ihnen ragte, fragte ich die alles entscheidende Frage: »Möchtet ihr ein Bonbon?«

Was dann geschah, passierte derart blitzschnell, dass ich in den nächsten Sekunden nicht verstehen konnte, worin das Hauptproblem bestand. Mir fehlte gar die Zeit zum Schreien! Der kleine Junge schaute nur kurz auf und blinzelte mich an. Die anderen beiden unterbrachen noch nicht einmal ihr Spiel! Noch jetzt frage ich mich, woher er die Heckenschere hatte, die er in Windeseile gepackt hatte. Sie hat sicher schon vorher dort gelegen, aber auf so etwas achtet doch niemand! Jedenfalls griff der Junge die Heckenschere, riss sie empor und mit gewaltiger Kraft schnitt er mir direkt den Unterarm ab. Meinen Unterarm! Mit samt der Hand und dem Bonbon fiel er zu Boden. Den mir verbleibenden Stumpf besah ich mir sofort. So aus einem Reflex heraus. Als ob ich wirklich gehofft hätte, da könnte man noch was machen! Aus zwei Schlagadern spritzte mir Blut entgegen, versaute meinen weißen Anzug, spritzte in mein Gesicht, lief den kurzen Weg zum Ellenbogen herab und tropfte zu Boden.

Hinter meinen Tränen des Schmerzes erkannte ich die Gesichter der drei Kinder. Ich hörte ihr Lachen, wie aus weiter Ferne, sie sprangen auf und zeigten auf mich. Sie lachten immer weiter. Eines nahm einen Stein auf und warf ihn nach mir. Ich entschied mich zur Flucht und rannte weg, um den Schaden zu minimieren. Ich rannte so schnell ich konnte, weiterhin tropfte Blut aus meinem Armstumpf und ich spürte, wie mir Schwarz vor Augen wurde. Ab und zu wurde ich von Steinen und Stöcke getroffen, die die Kinder hinter mir her warfen. Stolpernd, gedemütigt, unter Tränen und Schmerzen verließ ich das Ufer und floh den Radweg entlang.

Als ich wenig später etwas zu Ruhe gekommen war und die Blutung meines Armes nachgelassen hatte, beschloss ich, einen weiteren Versuch zu unternehmen.

Zaghaft schlenderte ich zu dem Spielplatz ein kleines Stückchen weiter rheinaufwärts. Am äußersten Ende des Spielplatzes blieb ich stehen und ließ meinen Blick über das Klettergerüst, die Schaukel und den Sandkasten gleiten. Im Sandkasten hockte ein kleiner Junge und grub mit seinem Schäufelchen im Sand. Das war ein herrlicher kleiner Fratz! Auf einer Bank saß ein Herr, etwa 40 Jahre alt. Er hatte eine Dose Carlsberg, an der er trank. Nach einem kräftigen Zug stellte er die Dose neben sich auf den Boden und vertiefte sich wieder in die pompösen Schlagzeilen der Express.

Mein Augenmerk galt nur noch dem Jungen! Ich schlich mich an dem Mann vorbei. Leider bin ich mit dem Fuß, ohne es erst zu bemerken, gegen das Carlsberg-Gebräu getreten, so dass die Dose umkippte und sich der Inhalt schäumend auf dem Sand entleerte. Der Herr schaute auf und mit einer widerlich quäkenden Stimme hob er an zu plärren, dass ich sein Bier umgetreten hätte! Erst daraufhin schaute der kleine Junge auf und sah mich. Ich muss zugeben, dass mich der Blick, der mich aus den Augen des Kindes traf, ein wenig verunsicherte. Wie paralysiert blieb ich stehen. Der Junge erhob sich und für einen Moment standen wir uns, vielleicht fünf Meter von einander entfernt, fest entschlossen gegenüber.

Oh, Tagebuch! Du kennst mich! Ich möchte wirklich nicht in den Verdacht geraten, ich würde zu Übertreibungen neigen, oder ich würde an den wirklich simpelsten Aufgaben scheitern. Das, was ich jetzt berichte, ist wirklich passiert und nicht bloß ein Hirngespinst, um mein Versagen zu rechtfertigen. Also: Der Junge verzog sein Gesicht zu einer abscheulichen Grimasse und hob an zu schreien. Er blähte unnatürlich stark seinen kleinen Brustkorb auf und spannte alle seine Muskeln an. Mit beiden Händen griff er an sein T-Shirt und begann daran herumzuzerren, bis er es sich in Fetzen vom Leib gerissen hatte. Hier, so muss ich zugeben, war der erste Moment gekommen, an dem ich über eine möglichst rasche Flucht nachdachte. Aber die nun folgende Veränderung, die mit dem Jungen geschah, faszinierte mich derart, dass es mir unmöglich war, auch nur einen Schritt zu tun. Ich starrte mit weit aufgerissenen Augen den Jungen an und sah das blaue Hemd mit einem gelben »S« auf der Brust. Irgendwie erschien mir der Kleine gar nicht mehr so klein. Aus unerklärlichen Gründen hielt er nun ein Messer in der Hand und rannte auf mich zu. Da spürte ich, dass meine Beine mir wieder gehorchten, ich drehte mich um, zur Flucht. Zu meinen Schrecken erhob sich der Junge in die Luft und flog schnurstracks auf mich zu, sein Messer wie ein Bajonett vor sich haltend. Alles Rennen war der Mühe nicht wert, innerhalb eines Bruchteils einer Sekunde hatte mich der Junge eingeholt und rammte mir sein Messer in den Rücken. Blut spritzte und ich sank zu Boden. Blut quoll aus meinem Mund und aus meiner Nase. In Bächen lief es an mir herab, tropfte auf die Erde und versickerte im Sand. Der Junge war über meinem Haupt empor geschossen und flog eine Schleife.

Auf Knien und mit Hilfe meines gesunden Armes robbte ich verzweifelt zu einem Gebüsch und suchte Deckung. Ich spürte, wie er erneut über meinem Kopf hinwegflog. Ich erreichte das Gebüsch ohne weitere Attacken. Als ich scheu zurückblickte, sah ich den Jungen, ganz normal gekleidet, an der Bank stehen. Er streichelte dem verheulten Mann über den Kopf und tröstete ihn, indem er ihm versprach, ihm an der Tanke ein neues Bier zu kaufen. Ich war entsetzt, panisch und ausgelaugt. Welch grausame Mischung!

Es nützt alles nichts, so dachte ich. Ich musste tun, was getan werden musste! Die Vorsehung hatte gesprochen! Ich versuchte wieder Haltung anzunehmen. Mit unsicherem aber entschlossenem Schritt ging ich zur Rheinpromenade. Dort sah ich schon von der Ferne zwei alte Damen auf einer Bank sitzen. Es war offensichtlich, sie machten einem gemütlichen Ausflug an den Rhein mit ihren beiden Enkelchen! Leicht schaukelten sie die Kinderwagen und unterhielten sich über Dinge, die nur das profane Volk interessieren kann. Von ihren Männern, wie sie einst den Schmutz in das Haus getragen haben, und von längst vergangenen Zeiten, als noch alles besser war!

Ich atmete tief durch. So tief, wie es das Messer in meinem Rücken zuließ. Ich wusste, dass mir hier eine Entscheidung abverlangt wurde. In den Kinderwagen lagen zweifellos Babys. Babys sind auch Kinder. Doch Babys sind nicht uneingeschränkt geeignet für das Ritual. Aber Kindergedärm ist Kindergedärm – zerstreute ich meine Bedenken. Nachdem die Entscheidung getroffen war, ging es mir besser. Ich wusste, worin meine Aufgabe bestand und Energie durchströmte mich.

Ich schlich mich von hinten an die Omas heran und versuchte, während sie ins Gespräch vertieft waren, auf die Lehne der Bank zu klettern. Ich war gerade im Begriff eine der beiden Omas zu ergreifen und ihr mit einem geschickten Griff das Genick zu brechen, als mir dann, nun sagen wir einmal, ein Missgeschick passierte.

Wäre mein Plan gelungen, hätte die andere sicherlich einen Herzinfarkt erlitten und ich hätte beide Babys rauben können. Dass Babys unbescholtenen Zauberern etwas anhaben könnten, ihnen Arme abschneiden oder zu fliegenden Supermännern mutieren, hielt ich für absurd! Also musste ich nur die Omas ausschalten. Ich will zu meiner Verteidigung sagen, dass ich immer noch etwas wackelig auf den Beinen war. Ich hatte wahrscheinlich mehr Blut verloren, als ich dachte. Außerdem besaß ich nur noch einen Arm. Um einem das Genick zu brechen, auch wenn es sich um eine alte Oma handelt, sollte man schon zwei Arme zur Verfügung haben, so lehrt die Erfahrung!

Nun, ich musste also, als ich so auf der Banklehne hockte, das Gleichgewicht verloren haben. Jedenfalls bin ich vornüber gekippt und zwischen die beiden Damen auf den Boden gefallen. Nachdem ich geschickt abgerollt war, aufs Äußerste bedacht, das Messer in meinem Rücken nicht tiefer in meinem Leib zu rammen, bin ich sofort wieder auf, um die Damen anzugreifen. Wie sich nun jeder vorstellen kann, war der Überraschungseffekt weg. Die beiden Omas schauten mich entgeistert an. Sie waren wahrscheinlich ziemlich sauer, dass ich so plump zwischen ihr Gespräch geplatzt bin. Ich schrie auf, um wenigstens ein bisschen Furcht zu erzeugen und wollte mich auf die Omas stürzen.

Ich habe schon gehört, dass viele Leute, wenn sie das Haus verlassen, unter der Angst leiden, überfallen zu werden. Ich weiß auch, dass so manch einer Vorsorge getroffen hat. Ich dachte aber bis zu diesem Zeitpunkt, die Leute würden sich dafür ein Handy kaufen. Oder Pfefferspray. Das hätte in diesem Fall natürlich keinerlei Wirkung gehabt. Stattdessen griffen die beiden Damen in ihre Kinderwagen und holten dicke, fette Pistolen heraus, ähnlich wie man sie in amerikanischen Actionfilmen sehen kann.

Ich war so voller Elan und Angriffslust, dass ich meine Attacke nicht mehr stoppen konnte. Die beiden Frauen haben daraufhin ohne Warnung ihr gesamtes Magazin auf mich abgefeuert. So etwas lässt sich einfach nicht beschreiben. Niemand kann nachfühlen, was ich in diesen Sekunden empfand. Wenn der Sieg so nah scheint und du im nächsten Augenblick mit Kugeln durchsiebt wirst! Überall schlugen die Geschosse ein; in meinen Bauch, in die Brust, in die Beine, in den Arm. Ich schrie vor Schmerzen und Verzweiflung. Im Kugelhagel wand ich mich umher. Wie träumend, wie in Zeitlupe, sah ich mein eigenes Blut in weiten Fontänen aus mir herausspritzen. Dann ging ich zu Boden und um mich herum wurde es schwarz.

Heute weiß ich nicht mehr, wie lange ich so gelegen habe. Von weit her meinte ich Stimmen zu hören. Ich schmeckte Blut und roch verbranntes Pulver. Unter größten Anstrengungen versuchte ich die Augen zu öffnen. Wie hinter einem klebrigen Schleier erblickte ich den Himmel über mir. Die Stimmen, die ich vernahm, klangen nun näher. Sie gehörten den beiden gemeingefährlichen Frauen. Als ich fähig war, die Augen ganz zu öffnen, sah ich die beiden Frauen, eine rechts und eine links von mir stehen. Für einen winzigen Moment war ich froh, dass sie mich nicht mir selbst überlassen hatten, auf dass ich hier unbemerkt verbluten sollte. Für einen weiteren winzigen, ganz, ganz kleinen Augenblick durchströmte mich die aberwitzige Hoffnung, die beiden würden mir helfen und vielleicht einen Krankenwagen holen. Das war eine naive Vision. Dies wurde mir schlagartig bewusst, als ich in den Händen der beiden Frauen diese Fleischermesser sah. Da war mir klar, dass mein Leidensweg noch kein Ende gefunden hatte.

In meinem Delirium nahm ich nur Gesprächsfetzen war. Die eine wollte unbedingt einen frischen Mastdarm haben, die andere war sich zunächst unschlüssig. Sie wüsste nicht, was sie morgen kochen sollte. Vielleicht einen Braten, dazu wolle sie ein schönes Stück aus der Hüfte herausschneiden. Zuerst wusste ich nicht, warum die Frauen das an meiner Seite diskutieren mussten, da ich ähnlich einer fiebrigen Erkrankung alles nur wie durch aufgeschäumte Sahne wahrnahm.

Schließlich beugten sich die Omas zu mir hinab und vollendeten ihr grausames Werk. Behänd setzten sie Schnitt um Schnitt, säbelten Fett und Sehnen weg, holten große und kleine Fleischstücke aus meinem Oberschenkel, meinem Po, schnitten meine Bauchdecke auf, zogen Gedärm heraus, trennten Wertvolleres von Minderwertigem. Sie hatten ihre wahre Freude. Ich vernahm nur grunzende und röchelnde Geräusche und das penetrante Schmatzen meiner Innereien, während die beiden mit bloßen Händen in meinem Körperinnern genüsslich herumwühlten. Mich zu wehren, zu fühlen oder zu leiden fehlte mir die Kraft.

Abschließend möchte ich zu meiner Verteidigung sagen, dass zu dieser Zeit der Mond abnahm. Selbstverständlich gestalten sich die Dinge dann etwas schwieriger. Zum anderen befand sich auch der Saturn im dritten Aszendenten im vierten Wagen von links. Jeder der Verstand hat zu verstehen, weiß, dass die Bedingungen nicht schlechter hätten sein können.

Es tröstet mich nur die Gewissheit, dass sich die Vorsehung an einen weiteren Menschen aus unserer Zunft gewandt haben muss und ihn durch Visionen auf das nahe Ende hingewiesen hat. Da die Welt nicht in Trümmern liegt, bin ich mir sicher, dass derjenige mehr Erfolg gehabt hat, als ich an jenem Nachmittag.

Kiff und seine Freunde

Ich heiße Jonathan. Meine Freunde nannten mich John. Scherzkekse auch mal Jonathan Walker. Na Prost. Ich habe nichts. Ich brauche auch nichts, denn ich habe wichtigeres zu tun. Ich habe eine Aufgabe von globaler Bedeutung.

Doch der Reihe nach.

Es war im Herbst vor ungefähr zehn oder 12 Jahren. Unser letztes Ding davor war schon etwa ein Jahr her. Neun Millionen für jeden! Wir hatten den totalen Flash – wir alle vier. Oder besser wir drei. Fette Villa für jeden, Autos, Frauen, Kokain! Alles konnten wir uns leisten.

Dann hatte ich einen Plan für einen zweiten Coup. Ich wollte die alte Gang wieder formieren. Was einmal klappt, klappt auch ein zweites Mal.

Ich war der Spezialist für Planung und Organisation, also organisierte ich ein Treffen der alten Bande, allerdings fehlte einer. An einem Donnerstag im Herbst brachen wir zu ihm auf, um ihn für das Ding anzuheuern.

Die Straße schlängelte sich dicht an den Berg gequetscht durch die Eifel. Rechts von uns ging es steil bergab.

»Ich versteh nicht, warum er nicht in die Karibik ausgewandert ist. Er hat die Wochen davor über nichts anderes gesprochen! Er wollte diese Insel mit eigener Kokainplantage besitzen. Er hatte sogar schon sein Ticket.« Jim saß hinten, er brauchte die ganze Rückbank, weil er nie auf einer Stelle sitzen konnte. Er stützte die Ellenbogen auf Fahrer- und Beifahrersitz und lehnte sich vor. »Durchgeknallter Penner, ich sach euch, der kann gar nichts, wir hauen die Scheiße auch selber weg, was soll der Quatsch?«

»Er war der beste Fahrer seit immer«, sagte Manfred neben mir.

»Ich kann auch fahren! Kein Problem!«, bellte Jim von hinten.

Manfred rutschte nervös auf dem Beifahrer Sitz herum. »Ich weiß nicht, das hatten wir doch schon …«

»Immer die alten Kamellen, na und? Der Schulbus war eh voll durchgerostet. Der ...«

»Ist gut jetzt«, unterbrach ich.

»Oder Manfred fährt, wenn ich nicht gut genug bin!«, machte Jim auf Diva.

»Geh mir fott, ich kann das nicht, ich mach in Schlösser und Schränke, das reicht. Zum Fahren hab ich keine Nerven.« Jim schaute mich an, schüttelte dann aber den Kopf. »Nee, du fährst besser nicht. Du bleibst ja an jeder roten Ampel stehen.«

Das Häuschen hatte nur zwei Stockwerke. Neben der Haustüre gähnten uns zwei Fenster an, je eins rechts und links der Türe. Der weiße Lack splitterte von den Rahmen, das Dach hatte sich in der Mitte eingesenkt und die Einfahrt war von Unkraut überwuchert.

Ich klopfte gegen die Türe und horchte. Jim trat nervös von einem auf das andere Bein. »Da ist keiner«, sagte er sofort, »der Penner ist weg.«

Als ich noch mal, jetzt etwas stärker gegen die Tür klopfte, gab sie nach. Ich schob sie auf und schaute ins Innere. Modriger Geruch schwebte mir entgegen. In den letzten Jahren wurde sicher nie gelüftet. »Ist da wer?«, fragte ich den kleinen Flur.

Stille.

Ich schob die Türe ganz auf, die meinem Druck mit einem quälenden Knarzen nachgab. Langsam traten wir in den kleinen Flur mit der schmalen Treppe; dann öffnete ich die Türe zu unserer Rechten.

Auf dem Fußboden saß Kiff mit starrem Blick. Er steckte seine selbst gedrehte Zigarette in den Mund und zog kräftig daran. Ich erschrak, wie dieses Häuflein Elend dahinvegetierte, trotzdem freute ich mich, Kiff endlich wieder zu sehen.

»Kiff! Wir sind's, deine Freunde!«, versuchte ich ein wenig Stimmung aufzubauen.

Kiff blies den Rauch aus seinen Lungen und würdigte uns keines Blickes.

»Wie haust Du denn hier?«, schaltete sich Jim ein und drängelte sich an mir vorbei. »Hier ist ja gar nichts. Bruchbude. Alles leer. War das mal 'ne Küche? War das mal ein Haus? Keine Möbel, kein Waschbecken? Nichts?«

»Ich brauche nichts.«

»Wir haben alle eine Villa, einen Rolls Royce, Swimmingpool, vier Schüsseln auf 'em Dach, 3.000 Programm, vier Pornokanäle, Tennishalle ...«

»Ich brauche nichts, und ich will auch nichts. Was macht ihr hier?«

Wir waren fassungslos.

»Ist bestimmt nur Show hier unten«, sagte Manfred. »Angst vor Einbrechern. Und dann so tun, als wär' hier nichts zu holen!«

Manfred drehte sich um und begab sich auf eine Hausbesichtigung. Kiff war bemerkenswert agil. Gleich einer Schlange wand er sich empor und huschte uns hinterher. Das zweite Zimmer im Parterre war ebenfalls komplett leer. Manfred schüttelte den Kopf und stieg ungefragt die Treppe hinauf. Oben rechts gab es ebenfalls ein leeres Zimmer. Manfred schüttelte immer noch den Kopf, doch als er zum letzten Zimmer gehen wollte, griff Kiff seinen Arm. »Da gehst du besser nicht rein.«

Manfred grinste verschmitzt. »Also doch. Irgendwo musst du die neun Millionen verstecken.«

Selbstherrlich, das Rätsel gelöst zu haben, ging Manfred wieder die Treppe hinunter. Man sah förmlich, wie es in Jim brodelte: »Der ist voll lalla, krank im Kopf! Ich könnte das nicht aushalten, so viel Kohle und der will nichts ausgeben! Penner!«

Ich folgte den anderen in die Küche, oder in den Raum, der mal eine Küche war. Wir schwammen im Reichtum und Kiff lebte im Nichts.

»Nein«, sagte Kiff zu wiederholten Male und zog an seiner Zigarette.

»Der ist doch Scheiße.« Jim starrte mit leeren Augen gegen die Wand ihm gegenüber. Er hatte sich in Ermangelung einer Sitzgelegenheit auf den Boden gehockt.

»Überleg' doch erst einmal. Die Sache ist ein Kinderspiel!«, versuchte ich es zum letzten Mal.

»Für mich auch«, kam mir Manfred zur Hilfe. »Da steht bloß ein 4-42er. Für meine Kleiderschranktür brauche ich länger!«

»Wir brauchen dich. Du bist unser Mann! Niemand anders bringt uns so rasant und gekonnt in Sicherheit. Wie du beim letzten Mal durch die Stadt gedonnert bist!«, schob ich nach.

Manfred schien sich schlagartig zu erinnern: »Noch einmal so 'ne Show! Wir brauchen diesmal den Taxifahrer nicht gleich tot schießen, um an das Auto zu kommen. Noch einmal so wie früher. So eine Flucht! Die hätte sich Tarantino nicht ausdenken können. In den Nachrichten haben sie mehr über unsere Flucht gebracht, als über unseren eigentlichen Coup.«

Ich nickte bedächtig und sagte: »Aber doch nur weil Kiff diesen Bus abgedrängelt hat, der dann im Straßengraben lichterloh verbrannte, mit 52 wehr- und zahnlosen Opfer von diesen Butterfahrtmafiosi.«

Jim regte sich leicht auf dem Boden. »Na und wenn schon, das gehört eben dazu.«

Kiff zog erneut an dem Stummel zwischen seinen Lippen. »Nein.«

Jim schlug die Beine übereinander, als rechnete er damit, dass es länger dauern würde und sagt: »Der ist scheiße.«

Kiff drehte sich eine neue Zigarette und begann zu erzählen: »Ich habe dafür keine Erklärung. Es war zwei Tage nach unserem Ding. Ich wollte mich gerade auf diese Karibikinsel absetzen, diese Insel mit der kleinen Kokainplantage. Da bin ich noch mal kurz nach oben. Alles ist seitdem unwichtig. Der ganze Besitztum; das bedeutet nichts. Also habe ich auch nichts. Geld, Frauen, Kokain – pah! Ich habe hier wichtigeres zu tun. Ich bin der Wächter, der Beschützer der Welt, der Hüter der Schwelle. Durch mich kann die Dunkelheit nicht in den Tag!«

Jim lehnte seinen Kopf gegen die Wand, von der sich die Tapete abschälte. »Die Geschichte ist scheiße.«

Manfred war die ganze Situation unangenehm. »Ich befürchte du musst dringend mal raus.«

Ich hatte längst abgeschrieben, ihn für unser Projekt zu gewinnen. Dieser Mensch brauchte ganz andere Hilfe. »Ich kann mir gut vorstellen, dass du seit dem Tag einen Schock bekommen hast. Für uns war das auch nicht leicht. Plötzlich waren wir so reich. Vielleicht solltest du mal mit jemandem darüber reden, der was davon versteht.« Kiff schaute mich kurz an. »Quatsch!«

Jim schüttelte den Kopf. »Voll lalla!«

Kiff würdigte ihn keines Blickes. »Lasst mich am besten in Ruhe.«

Jim rappelte sich wieder empor. »Fuck. Verschwendete Zeit. Einfach diesen Typen wegsperren, fertig!«

Ich hatte ein wenig Sorge, dass seine cholerische Ader gleich Überhand gewinnen würde. »Jim, hör auf!«, doch Jim würdigte mich keines Blickes. In mir reifte ein Plan, Kiff vielleicht doch noch gewinnen zu können. »Kiff, so einfach wirst du uns nicht los. Wir drei gehen jetzt mal auf Tour. Wir brauchen nämlich doch ein paar Sachen, aber wir kommen wieder!«

Als wir das Haus verließen, ließ sich Kiff wieder auf den Boden nieder. Jim schüttelte den Kopf und fluchte erneut mit einem, »der ist Scheiße«.

Die Sonne war bereits unter dem Horizont verschwunden. Ich suchte aufmerksam nach dem Hinweisschild der Tanke, die ich bei unserer Anreise gesehen hatte und sinnierte laut: »Wir müssen ihn rumkriegen, der arme Kerl. Immerhin sind diesmal fast zwei Millionen drin.« Ich suchte nach einem Ansatz, Kiff irgendwie zu helfen, allein aus eigenem Interesse. »Der muss da raus. Was mit einem Menschen nicht alles passieren kann.«

Manfred nickt stets neben mir auf dem Beifahrersitz.

Dann schnellte Jim von der Rückbank her zwischen uns. »Das ist doch alles Kinderkacke! Den Psycho kriegen wir nie wieder gerade gedreht. Zwei Millionen – Kinderkacke! Ich hab 'ne Idee für neun Millionen!«

Es waren vielleicht nur ein oder zwei Sekunden, doch diese schienen die Welt in eine andere Richtung zu drehen. Jim, der Fuchs.

Manfred brauchte am längsten. »Ach so, vom Kiff die neun Millionen?«

Das gefiel mir nicht. »Das können wir nicht machen. Er gehört zu uns; nicht vom Kiff.«

Jim redete sich in Rage und hüpfte auf der Rückbank hin und her. »Doch, doch, doch – können wir! Von wem sonst? Der Penner mit seinem Askese-Wahn. Den soll er mal schön ausleben! 'Aller Besitz ist nichts!', äffte Jim ihn nach. Wir helfen ihm doch nur! Wahrscheinlich belastet ihm das ganze Geld! Wir klauen ihm seine neun Millionen. Die stapelt er in seinem Zimmerchen da oben. Ihr habt doch gesehen, wie er Panik bekommen hat, als Manfred da rein wollte. Von wegen 'aller Besitz ist nichts'.«

Ich wand mich am Steuer nach hinten. »Aber das können wir eigentlich nicht machen.«

»Fucking Shit, doch! Wer, wenn nicht wir?«

Manfred Augen glänzten. »Also ich find das irgendwie klasse.«

Wir fuhren zwei weitere Kilometer. »Na ja ... ist auf alle Fälle nicht so gefährlich, wie das mit den Kronjuwelen«, rang ich mir ab, um der Idee wenigstens etwas Positives beizumischen.

Jim ließ sich erleichtert zurückfallen. »Yeaaaaah! Wir räumen ihn aus, den verschrobenen Wichser!«

In der Ferne leuchtete ein grünes T.

Die Türe war immer noch angelehnt. »Hallo, wir sind's, deine Freunde!«, versuchte ich erneut eine freundliche Begrüßung. Kiff hockte genau so regungslos auf dem Boden wie zuvor heute Nachmittag.

»Wir haben ein paar nützliche Sachen mitgebracht!«, Manfred stellte eine Kiste Bier hochkant auf den Boden und setzte sich drauf. »Ein Möbel zum Sitzen!«

Kiff ließ eine winzige Reaktion erkennen. Manfred griff sich zwischen seine Beine und holte aus der Kiste eine Flache Bier. »Hier, nimm!«

Kiff griff zu.

Wir anderen hatten zwei Tüten Fastfood dabei und hockten uns auf den Boden. Die Nacht über erzählten wir uns gegenseitig unsere gemeinsame Lebensgeschichte und leerten den Kasten Bier. Deutlich war zu merken, dass Kiff lange nichts mehr getrunken hatte, denn nach der zweiten Flasche Bier brauchte er deutlich länger, um sich eine Zigarette zu drehen, nach der dritten brauchte er zwei Hände, um mit dem Feuerzeug die Zigarette anzuzünden, ab dann ließ er sich von Manfred die Zigaretten drehen und anzünden.

Ich hatte mich mit dem Alkohol zurückgehalten, trotzdem spürte ich Müdigkeit in meinen Knochen. Durch die offene Tür konnte ich an der anderen Seite des kleinen Flures Kiff auf dem Boden sitzend sehen. Er war zur Seite gesunken und schlief. Manfred saß in der Ecke zu meiner rechten und fragte:»Wie machen wir das jetzt?«

Zu meiner Linken in der Ecke saß Jim. Der hatte gefühlt die andere Hälfte der Kiste Bier getrunken, ließ sich aber nichts anmerken. »Mein Plan ist total einfach: Kiff ist randvoll und knüppeldicht. Ich schleich hoch und räum' die Kammer aus und dann hauen wir ab.«

Manfred verzog missbilligend die Stirn.»Und unsere Sachen?«

»Was für Sachen?«, fragte Jim.

»Die Kiste Bier! Da ist Pfand drauf.«

Jim ignorierte ihn, stand auf und schlich sich in den kleinen Flur.»Ich geh jetzt rauf und ihr passt hier auf!«

Jim ging zur Treppe, wir hatten alle Kiff im Blick. Er schlief an die Wand gelehnt in der Küche an seinen angestammten Platz.

Jim war gerade eben an der Küchentüre vorbei und auf der ersten Treppenstufe, da schlug Kiff die Augen auf. So wendig, wie ich ihn zuvor erlebt hatte, so blitzschnell stand er auf, vom Alkohol keine Spur. Jim schaffte es kaum bis zur halben Treppe, da hatte Kiff eine 9 Millimeter Pistole aus seinem Hosenbund gezaubert und ihn hinterrücks erschossen. Jim hatte keine Zeit aufzuschreien, er überschlug sich, stürzte die Treppe hinab und verspritze Blut an die vergilbte Tapete. Ich wusste, dass Kiff es ernst meine – diese Kammer würde er bis zum Letzten verteidigen. Und da wusste ich, dass es ihm nicht um das Geld ging.

Sondern um etwas viel Schrecklicheres.

Manfred sprang auf, Panik im Blick, er rannte zur Tür. Kiff drehte sich auf der Treppe um, ließ den immer noch stürzenden Jim an sich vorbei, hob sein linkes Bein, um einen Zusammenstoß zu vermeiden und schoss Manfred direkt in die Stirn. Jim und Manfred landeten gleichzeitig vor der untersten Treppenstufe.

Es war ein letzter verzweifelter Versuch von mir, mein Leben zu retten. Ich griff nach meinem Messer und ließ es aufspringen. Kiff richtete seine Waffe auf mich. Ein glühender Blick traf mich. Dann zog er den Abzug durch, doch kein Schuss löste sich. Die winzige Schrecksekunde nutzte ich und rammte das Messer in seinen Bauch. Die Pistole fiel aus seiner Hand, Blut quoll aus seinem Mund und Kiff ging zu Boden. Ich hatte den Eindruck, dass er mich mit Mitleid anschaute, dann öffnete er zaghaft seinen Mund.

»Das hast du jetzt davon, du hast es nicht anders gewollt. Jetzt bist du dran, armer Irrer.« Er sammelte Kraft und fuhr fort. »Du wirst bestimmt nicht glücklich, aber das warst du vorher auch nicht. Jetzt hängt alles an dir. Denk bitte an das Schwert, das Schwert!«

Dann schloss er seine Augen und seine Muskeln verloren an Spannung. Eine dritte Lache Blut bildetete sich vor der Treppe und floss in die anderen beiden.

Ich wusste, dass mich kein Geld mehr locken würde. Ich wusste, dass ich auch nie wieder ein Ding drehen würde. Doch ich musste in den letzten Raum von diesem Haus hineinschauen. Ich fühlte mich Kiff gegenüber verpflichtet. Es war das letzte, was ich für ihn tun konnte.

Ich stieg die Treppe empor und betrat den Raum. Auch dieses Zimmer war komplett leer. Erst als ich mich im Schein der Straßenlaterne um meine eigene Achse drehte, bemerkte ich das Schwert, wovon Kiff gesprochen hatte. Es hing wie ein Schmuckstück an der Wand. Erst dann fiel mir daneben eine weitere, schmale Türe auf. Eine letzte Kammer, die dieses Haus verbarg. Als ich die Klinke berührte durchströmte mich eine Kraft. Und eine Gewissheit. Es ging gar nicht mehr um mein Leben. Die Kraft dahinter würde mich vernichten. Aber das wäre bedeutungslos. Die Kraft dahinter würde die Welt verschlucken.

Hinter der Türe hörte ich ein Scharren und Kratzen und ein langes Knurren. Aber dies war kein Hund, die Kehle schien länger und größer. Das Scharren wurde lauter und lauter und hektischer. Dann breitete sich unter dem Türspalt ein Licht aus. Schatten fielen heraus, dann schlängelte sich eine Tentakel hervor, wie suchend schlug sie umher und griff schließlich nach meinem Bein. Ein beißender Schmerz zuckte durch meine Wade. Ich reckte mich nach dem Schwert, riss es von der Wand und schlug die Tentakel durch. Der Rest von dem Vieh schnellte zurück in die Kammer, dann verstummte das Kratzen.

Es hatte ihren neuen Meister akzeptiert.

Ich hängte das Schwert zurück an die Wand. Meinen Auftrag hatte ich verstanden.

Ich habe mir eine Zigarette gedreht und mich auf den Küchenboden gesetzt, beziehungsweise in den Raum, der einst eine Küche war. Hier habe ich die Treppe im Blick und die Haustüre. Nachts scheint die Straßenlaterne herein und spendet mir ein wenig Licht. Mehr brauche ich nicht. Aller Besitz ist nichts. Alles ist unwichtig, außer meiner Aufgabe ist nichts von Bedeutung.

Ich bin der Wächter, der Hüter der Schwelle. Endlich habe ich eine Aufgabe, von globaler Bedeutung. Ich hatte mir schon immer eine wirklich wichtige Aufgabe gewünscht.

Nein, glücklich bin ich nicht, aber das war ich vorher auch nicht. Der Präsident von Amerika ist sicherlich auch nicht glücklich und der glaubt, er habe eine globale Bedeutung. Glücklich oder nicht, das spielt keine Rolle, wenn die Aufgabe darin besteht, die Welt zu beschützen.

Die Frau vom Herrn Schmitz

Manuel ärgerte sich über die Blutspritzer auf der Wand in seinem Wohnzimmer. Sein rechtes Ohr war leicht vertaubt, er bewegte den Unterkiefer in der Hoffnung, sein Gehör wieder herzustellen, dann steckte er die Waffe zurück in seine Jackentasche.

Er war vor zwei Jahren wirklich in Anke verliebt gewesen – aber die Zeiten änderten sich. Und ihrem Plan, ihn unter Druck zu setzten, musste er entschieden entgegenwirken. Eine Heirat war ausgeschlossen – allein, dass sie ihrem Mann von ihrer geheimen Beziehung erzählen wollte, war in seiner Position untragbar!

Dieser Ekel von Ehemann – alleine um ihn zu vernichten, war es ihm wert gewesen, Anke zu erschießen. Manuel hatte lange überlegt, sie beide zu erschießen, aber er hatte einen viel besseren Plan. In zwei Stunden würde Ankes Ehemann, Herr Schmitz, im Flieger nach Honkong sitzen. Rein rechnerisch hätte Herr Schmitz vorher Zeit gehabt, Anke zu erschießen, zu diesem Ergebnis würden die Gerichtsmediziner sicherlich ebenfalls kommen. Und damit wäre er Anke los. Und Herrn Schmitz.

Er hatte die Leiche in zwei blaue Müllsäcke verstaut. Er schleifte das Paket zum Kofferraum und fuhr Richtung Villenviertel. Die Einfahrt von den Schmitzens kannte er nur zu gut – zu oft hatte Anke ihn für ein Schäferstündchen eingeladen. Er fuhr den Volvo bis ganz ans Ende der Einfahrt, stieg aus und schloss leise die Fahrertüre. Im Lichte der Straßenlaterne wuchtete er die Leiche aus dem Kofferraum und trug sie durch den Vordereingang ins Haus. Im Wohnzimmer zerrte er Anke über das Parkett. Fast hätte er die Vase mit dem Dekor aus Blumen- und Vogelmuster umgestoßen. Er fluchte leise in sich hinein, schob die Vase aus dem Weg und lege Anke vor die Couch. Er packte die Vase, um sie wieder an Ort und Stelle zu drapieren, da erstarrte er in seiner Bewegung. Das Haus schien menschenleer – bis auf die Schritte aus der Küche.

»Mist«, dachte Manuel, »warum ist der Alte nicht in Hongkong?«

Zwei Szenarien schossen durch Manuels Hirn. Plan eins: sofort wieder verschwinden; aber würde ihm genügend Zeit bleiben? Was, wenn Herr Schmitz jetzt die Türe aufmacht? Dann müsste Plan Nummer zwei greifen und er würde den Hausherrn auch umbringen. Dann müsste er die Geschichte für die Polizei noch gründlich überarbeiten.

Dann ging die Türe auf. Die düster gekleidete Gestalt war nicht Herr Schmitz. Hastig zusammengesuchte Gegenstände aus dem Haus ragten aus der großen Sporttasche, die polternd aus seiner Hand zu Boden fiel.

»Oh, Herr Schmitz ...«, stammelte der Einbrecher.

»Richtig«, log Manuel, »und Sie?«

»Edgar!«, stammelte der Einbrecher in reflexartiger Höflichkeit.

Erst dann hatte sich Manuel wieder soweit unter Kontrolle, dass er die Vase mit den Vögeln und den Blumen abstellen konnte. Gleichzeitig baute sich ein drittes Szenario vor Manuels geistigem Auge auf.

Edgar machte einen Satz an Manuel vorbei und rannte durch das Wohnzimmer. Unglücklicherweise stolperte er über das Paket vor der Couch und schlug der Länge nach hin. Eine zehntel Sekunde später hatte Manuel ihm beide Arme auf den Rücken verdreht und schnürte sie mit dem Kabel der Stehlampe zusammen.

Als sich der Einbrecher mühsam nach seinem Überwältiger umblickte, sah er das blutverschmierte Gesicht von Anke aus der Mülltüte hervorschauen. Dann zog Manuel seine Pistole aus der Jacke und zielte auf Edgars Gesicht. In Erwartung eines Schusses kniff Edgar die Augen zusammen.

Manuel lachte böse auf. »Da hast Du Schiss. Ich tu Dir nichts, schließlich bin ich kein Mörder. Im Gegensatz zu Dir. Ein Glück, dass ich hier bei meinem Freund und Kollegen vorbeigefahren bin, sonst hätten wir Dich nie gekriegt!«

Dann beugte sich Manuel zu seinem Opfer und drückte ihm die Waffe in die Hand und ließ sie sicherheitshalber auf den Boden gleiten. Von dort schubste er sie mit dem Fuß unter die Couch. »So könnte es doch nach einem ehrlichen Kampf zwischen uns beiden ausgesehen haben – nicht wahr?« Wieder lachte Manuel kehlig auf und verschwand aus der Wohnung.

Erst als Edgar den Volvo vor der Türe starten hörte, traute er sich, sich aus seinen Fesseln zu befreien.

Edgar griff – im Gegensatz zu Manuel – mit Handschuhen an seinen Händen nach der Vase mit dem Blumen und den Vögeln darauf. Dann öffnete er – heute zum zweiten Mal – die Schlafzimmertüre. Die Vase stellte er oben auf den Kleiderschrank, ganz nah an den Rand. Dann öffnete er erneut den Schrank und ließ die Leiche von Herrn Schmitz über dessen linke Seite in das Zimmer kippen. Edgar nahm seine Mütze vom Kopf und rempelte mit der Schulter gegen den Schrank. Die klobige Vase verlor ihren Halt und stürzte auf Edgars nackten Schädel, auf der sie in vier große und eine gehörige Anzahl kleinerer Stücke zerschellte. Mit schmerzverzerrtem Gesicht ging Edgar zu Boden und stürzte neben die Leiche. Um ihn herum schien alles mit Watte ausgepolstert zu sein. Das Flackern vor seinen Augen war zuerst gelb, dann wurde es blau – es schien sich mit einer Polizeisirene paaren zu wollen. Das dumpfe Pochen in seinem Schädel vermischte sich mit dem Klopfen an der Türe.

Trotz seiner Schmerzen musste Edgar in sich hineingrinsen.

»Egal was Du denen für eine Geschichte erzählt hast, sie passt nicht zu dem, was die Beamten gleich vorfinden!«

Die Nachricht

»Möchtest du einen Talisker?«, fragte Thomas über die Schulter und griff nach der Flasche.

»Gern. Den habe ich seit unserem letzten Treffen nicht mehr getrunken.« Frank hatte es sich auf dem Sofa gemütlich gemacht und rieb sich die Hände.

»Zehn Jahre Talisker-Abstinenz sind genug!« Thomas stellte zwei Gläser auf den Tisch.

»Ich möchte dir etwas sagen.« Frank schien mit den Worten zu ringen. »Wir kennen uns seit dem ersten Schuljahr. Ich hoffe, du schickst mich nicht gleich zu einem Psychiater.«

»Was gibt's denn? Probleme?« Thomas ließ sich in den Sessel neben Frank gleiten.

»Ja-nee, ich muss dir was erzählen.«

»Jetzt sag schon!«

»Es ist jetzt 11 Jahren her, da hatten wir diesen schrecklichen Unfall.« Frank knetet seine Hände ineinander.

»Stimmt. Ein Jahr später bist du mit deiner Tochter nach Hamburg gezogen.« Thomas rechnete im Geiste die Jahre nach.

»Ja. Digi-Dot-Art hatte einen Posten in Hamburg. Ich dachte, ich könnte Bonn und alles hinter mir lassen.«

»Aber? Quält dich etwas?«

»Ja«, hauchte Frank und ließ seinen Blick aus dem Fenster in die Nacht gleiten.

»Dein Gewissen? Glaubst du, du bist Schuld an dem Unfall? Du warst schlicht besoffen und Doris musste fahren!«

»Nein, es ist viel schlimmer.«

Thomas wagte nicht zu atmen und starrte seinen Freund an.

»Sie ist zurückgekommen«, sagte Frank geheimnisvoll.

»Wer?«

»Doris.« Frank sackte in sich zusammen. »Am Wochenende.«

Thomas holte tief Luft. »Als ich damals mit Anja gestritten hatte, habe ich sie dreimal am Tag gesehen aber jedes Mal hatte mir mein Unterbewusstsein einen Streich gespielt ...«, weiter kam Thomas nicht.

»Am Sonntag. Wir haben etwa eine Stunde geredet.«

»Eine Stunde? War es wirklich Doris? Wie sah sie denn aus?«

»Lange braune Haare, keine Schminke. Du kennst Doris!«

»Ich kannte Doris. Sie ist tot. Seit über 10 Jahren! Du musst dich deinem Problem stellen und einsehen ...«

»Das ist nicht das Problem an der Geschichte. Dass Tote auftauchen ist für mich nicht so ungeheuerlich.«

Thomas Kinnlade gab der Schwerkraft nach. »Wie meinst du?«

»Den ersten Kontakt hatte ich mit meiner Oma. Sie ist gestorben als ich zehn war. Zwei Jahre später kam sie zurück. Sie warnte mich vor dem Tod meiner Mutter. Wir wollen die Toten nicht immer hören, dann brauchen sie einen Trick, denn Tote haben immer eine Botschaft.«

Thomas rutschte auf seinem Sessel hin und her. »Und du hast wieder eine Botschaft bekommen? Für wen?«

Ganz langsam hob Frank seinen Blick zu Thomas. »Rat mal.«

»Für mich?« Thomas Worte bröckelten aus seinem Mund.

»Du hast morgen einen Termin in Berlin. Deine Maschine wird noch auf dem Rollfeld in Flammen aufgehen.« Frank zog einen Zettel aus seiner Aktentasche. »Nimm den Flug drei Stunden früher, der ist sicher. Am Nachmittag wirst du wissen, ich hatte recht.«

»Kann ich den Zettel haben?«

»Nein, das ist nicht möglich«, sagte Frank und ließ das Papier wieder in seiner Tasche verschwinden. »Ich muss wieder los, es tut mir leid, aber mehr Zeit steht mir nicht zur Verfügung.« Frank stand auf und ging zur Türe.

»Meldest du dich die Woche noch einmal?«, fragte Thomas.

»Ich hoffe. Wir werden sehen.«

Frank trat nach draußen und verschwand im Nebel, der sich am Rheinufer gesammelt hatte. Thomas schaute ihm hinterher und machte sich Sorgen über seinen Gesundheitszustand. Er beschloss, Franks Tochter Marlis anzurufen, um zu hören, was sie von der Sache hielt.

»Hallo?«, sagte Marlis ohne Kraft.

»Marlis! Hier ist Thomas. Ich rufe an wegen Frank.«

»Du hast es also auch schon gehört.«

»Was denn?«

»Auf der A3, bei Siegburg ist ihm heute Mittag ein Geisterfahrer in den Wagen geknallt. Er war sofort tot.«

Thomas hatte verstanden. Er schaute auf das Glas Whisky, das unberührt geblieben war. Er dachte an seine Maschine morgen Früh ...

Reducing

Die Maskenbildnerin tupfte ein weiteres Mal auf Hiltis Gesicht. »Los weg jetzt, wir gehen auf Sendung!«, schallte es aus dem Hintergrund.

Hilti setzt ihr Fernsehlächeln auf und blickte in die Kamera mit dem roten Lämpchen.

»Nach Piercing, Tattooing und Implanting hat der modebewusste Trendsetter das Reducing für sich entdeckt. Was ist dran am neuen Trend? Bleiben sie dran. Alles über Reducing, jetzt in Axe-plosiv auf AXE-TV!«

Als das Lämpchen für den Trailer verlosch, entspannten sich Hiltis Gesichtszüge genauso schnell wieder. Auf einem Monitor verfolgte sie den Werbeeinspieler.

Ein wirr aussehender Mann mit Schweinskopf-Maske hüpfte in einem Wald an einem Bachlauf mit einer Kettensäge. Er sprang zu einer kleinen Brücke, die aus zwei Brettern bestand. Schließlich sägt er die Bretter an. Eine Stimme aus dem Off sprach den Slogan: »Ritze-ratze voller Tücke eine Lücke in die Brücke mit der Pücke!« Zur Untermauerung wurde eine Schrift zum gesprochenen Satz eingeblendet: »Kettensägen kauft man von Pücke!«

Als nächstes erschien die Fußgängerzone von Bonn auf dem Monitor. Ein Mikrofon mit einem Schild AXE-TV ragte ins Bild. Die Stimme des Reporters ertönte. »Was halten sie vom neuen Reducing-Trend?«

Der angesprochene Passant schien weder Zeit noch Interesse zu haben: »Kenne ich nicht. Was ist das?«

Schnell wurde auf den nächste Fußgänger geschnitten. »Würden Sie sich für Geld reducen lassen?«

Der Gefragte kämpfte mit zwei Einkaufstüten und einem plärrenden Kind. »Näh, dat is' doch wo die sich Sachen abschneiden.«

»Ja, abschneiden, ganz wegmachen.«

»Näh, dat mach ich nich.«

»Reducing?«, vernahm man den Reporter, eher als Stichwort für die Zuschauer, die hier schon das Thema vergessen hatten. Der dritte Mann schien kurz seine Worte abzuwägen, um möglichst etwas Intelligentes zu diesem Thema aus seinen Hirnwindungen zu quetschen.

»Find ich nicht gut, wenn junge Leute sich Gliedmaßen amputieren lassen. Wenn ich mir morgen ein Bein abtrennen lasse, schmeißt meine Frau mich raus. Hundert pro. Und dann das Treppensteigen! Nein, nichts für mich. Kann ich wen grüßen?«

»Nein.« Daraufhin drehte sich der Reporter vor den Passanten in das Bild, um jeglichen »ich-Grüße-Tante-Huberta-Versuch« zu unterbinden.

»Na, liebe Zuschauer, neugierig geworden? Erfahren sie mehr vom Reducing-Trend bei meiner Kollegin im Axe-plosiv-Studio! Guten Abend an Hilti Schaftschneider. Das war Rip Tschejnsow aus Bludwixburg für AXE-TV. Und ich weiß, wo sie wohnen!«

Verbindlich kniepte er mit dem Auge, bevor das Bild verschwand und die Kamera vor Hilti Schaftschneider ihren Dienst erneut aufnahm.

»Heute zu Gast bei uns im Studio: Hans Keilbein, der berühmte Reducing Künstler! Wir wollen seine Arbeit vorstellen und ein Blick hinter die Kulissen werfen.«

Hilti drehte sich zu Hans Keilbein. Er korrigierte kurz seinen schwarzen Hut und schaute ernst zu Hilti.

»Hans, wie lange betreibst du schon das Reducing?«

»Reducing in dieser vollendeten Form als Kunst seit knapp zwei Jahren.«

»Wie wird man zum Reducing Künstler? Kann man so etwas an den Hochschulen studieren?«

»Nein, sicher nicht, diese Ausdrucksform der modernen darstellenden Kunst ist allein von mir erschaffen worden. Vielleicht wird man demnächst Reducing als Nebenfach in Design anbieten.«

»Wie kamst du zum Reducen?«

»Ich bin gelernter Automechaniker, dann wollte ich Medizin studieren, aber nach 6 Semestern hat man mich exmatrikuliert.«

»Warum?«

»Weil ich kein Abitur habe. Dann wurde ich Taxifahrer, und als sich ein Kollege beim schmieren von seinem Pausenbrot in den Finger geschnitten hatte, empfand ich das ästhetisch sehr reizvoll. Er wurde mein erster Klient. An diesem Nachmittag arbeiteten wir mehrere Stunden an seiner Wunde. Erst dachte er, ich wolle nur einen Verband machen, weil er mich noch als Medizinstudent kannte, aber schließlich hat er es begriffen. Gegen halb sechs war der Daumen endlich ab. Das hat uns beiden gefallen. Dafür hat er mir 100 Euro gegeben. So hatte ich mein erstes Kunstwerk verkauft.«

»Was bedeutet für dich Reducing?«

»Die Faszination besteht im Erschaffen von neuem Raum durch das Wegnehmen der Körperteile meiner Klienten. Es ist der angenehme, fast schon erotische Anblick des Fehlenden, nicht durch einen Unfall, sondern durch die Hand des Künstlers!«

»Du bist im Anschluss des eigentlichen Reducing aber auch kreativ, was machst du mit den Körperteilen deiner Kunden?«

»Klienten! Oh ja, ich bin interessiert, das Reducte erneut zu komponieren und in einer neuen Gestalt dem Publikum als Kunstgenuss zur Verfügung zu stellen.«

»Wir können das hier auch mal zeigen ... Das hier ist eine schon etwas ältere Arbeit von Hans Keilbein ...«

Ein Bild wurde eingeblendet. Auf ihm befand sich ein Brett auf dem ein zermatschter Arm geschraubt war. Dieses Stillleben war in einem goldenen Rahmen eingefasst.

»Ja, das ist schon etwas älter. Ich arbeite seit einem halben Jahr an einer Komposition, mit den besten und ausgesuchtesten Teilen meiner Klienten.«

Frau Haftschneider drehte sich zu Kamera 4, die auf ihr Gesicht in Großaufnahme zuging.

»Heute Abend wird uns Hans Keilbein sein neues Kunstwerk vorstellen. Exklusiv bei AXE-TV! Bleiben Sie dran! Wir zeigen Ihnen nun den Beitrag von unserem Reporter Rip Tschejnsow, der als erster das Reducing-Studio von Hans Keilbein mit der Kamera besuchen durfte!«

Im Wartezimmer von Hans Keilbein saßen drei Klienten auf Designerstühlen. An der Wand zeigte ein expressionistisches Bild rote Kleckse auf gelben Grund.

Frederik hatte glatte, blonde Haare und eine Jeansjacke an.

»Mal schauen, ob mir so was gefällt. Meine Freundin hat gesagt, ich soll das mal machen lassen. Die war auch schon hier. Der haben sie den halben rechten Fuß abgesägt. Das sieht ganz schön Scheiße aus.«

Rip Tschejnsow fragte: »Und was möchtest du dir reducen lassen?«

»Mir sägen die heute den linken Unterarm ab. Mal sehen. Wenn das scheiße aussieht, lasse ich meinen Körper weiter reducen. Irgendwann sieht das bestimmt cool aus.«

Daraufhin hielt Rip einer kleinen, zierlichen Frau mit schrill-roten Haaren und orangener Strumpfhose das Mikro hin. Auffallend war die fehlende rechte Hand.

»Voll Cool der Laden, sag ich dir. Der Hans ist ein echter Künstler. Mann, wie der mit der Säge umgeht! Wow! So geschickt bin ich nicht mit dem Brotmesser! Ich steh auf Typen, die so richtig loslegen und so wild! Und dieser kalte Stahl und die Säge, geil!«

»Du warst schon mal hier, hat es weh getan?«

»Quatsch! Der Hans ist ein echter Künstler! Er ist der Meister im Reducing. Zu ihm würde ich immer wieder kommen, da tut nichts weh! Das ist ein unbeschreibliches Gefühl, wenn das Sägeblatt so reingeht, wow, echt geil.«

»Willst du noch öfters wiederkommen?«

»Na, mal schauen, wie lang das noch geht. Also alles lass' ich mir ja nicht abschneiden. An meine Titten lass' ich den nicht. Da wuselt mir keiner dran rum. Da haben die mal schnell was verpfuscht. Aber ich komm sicher noch ein paar Mal.«

Ein älterer Herr mit quadratischem Schädel war der nächste Gesprächspartner von Rip.

»Die Schweine haben gesagt, da kann man nichts machen. Das Bein ist hin. Das kommt wohl vom Rauchen. Da wollten die mir das Bein abnehmen. Nä, sag ich dir, da lass' ich die Schweine nicht dran. Da liegst du sechs Wochen im Krankenhaus, und zahlst dich dumm und dämlich mit ihren blöden Krankenkassen Reformen. Da geh' ich doch lieber zum Keilbein, der macht das anständig. Und dann ist das auch noch Kunst.«

Ein OP mit Liege und einer Lampe darüber war in der nächsten Einstellung zu sehen. Rip war mit einem grünen Kittel, OP-Häubchen, Mundschutz und Mikrofon ausgestattet.

»Exklusiv für AXE-TV! Erstmals ein Blick in das Reducing-Studio von Hans Keilbein. Hier wird die ultimative Kunst am Körper kreiert.«

Frederik mit der Jeansjacke kam zögerlich hinein und legte sich auf die Liege. Eine Assistentin klebte ihn mit Tape an die Liege fest. Der linke Arm wurde ausgelagert. Hans Keilbein nähert sich ihm mit einer Elektro-Stichsäge. Der Blick seines Klienten verdunkelte sich bei diesem Anblick, dann setzte Hans die Säge an und sägte in den Arm. Ein gellender Schrei entfuhr Frederiks Mund; sofort darauf wurde sein Gesicht von Blutspritzern getroffen. Auch Keilbeins Gesicht wurde von Blut getroffen, rann über seinen Mundschutz und tropfte hinab. Die Assistentin tupfte ihrem Chef etwas Blut von der Stirn. Dann fiel der Arm zu Boden. Die Assistentin löste das Tape, der Mann stand von der Liege auf und taumelte röchelnd zur Tür. Hans bückte sich und hob den neu erworbenen Unterarm auf. Die Assistentin hielt ihm einen Eimer hin und hob den Deckel an, so dass Hans den Arm hineinwerfen konnte. Der Reporter rang mit Übelkeit und lief dem eben entlassenen Klienten hinterher.

»Wie fühlst du dich jetzt?«, war seine erste Frage.

»Man, das ist 'ne Scheiße! Das hat voll weh getan. Mir ist total schlecht. Und jetzt darf ich zwei Stunden nichts essen, haben die gesagt. Bäh, ich bekäm' jetzt eh' keine Currywurst runter. Nä, was war das fies!«

Der Reporter würgte.

Der Herr mit dem Quadratschädel kam humpelnd in den OP und legte sich auf den Tisch. Auch er wurde festgetapt, dann lagerte die Assistentin das linke Bein aus.

»Nä, Kind nicht das Bein, das andere!«, wurde ihre Aktion kommentiert.

Sie ließ das Bein wieder fallen und nahm das andere.

Hans Keilbein kam mit einer Kreissäge, ließ den Motor aufheulen und begann zu sägen. Erneut wurde er von Blut vollgespritzt.

Rip huschte zum Kopfende der Liege.

»Was fühlen Sie im Augenblick dieser, äh ... Schönheitskur?«

»Nichts. Das ganze Bein ist völlig taub. Die Schweine haben gesagt, das käm' vom Rauchen. Die Nerven sind auch alle kaputt. Die wollten mir das Bein schon abnehmen. Nä, nicht mit mir. Ich fühl' da überhaupt nichts. Überall da unten fühl' ich nichts. Mit meiner Frau das ... das klappt ja auch schon lange nicht mehr.«

Während des Interviews wurden beide von einigen Spritzern Blut besudelt. Schließlich brach das Bein mit einem Knarzen ab und fiel zu Boden.

»Ist es endlich fort? Das blöde Bein! Die Schweine wollten mir das Bein schon abnehmen. Da wäre nichts mehr zu machen, das käm' vom Rauchen, aber da geh ich nicht hin! Die Schweine!«

Die Assistentin ließ ihre Augen in den Höhlen kreisen und schob den hüpfenden Mann raus.

Als nächstes kam die Dame mit den feuerroten Haaren in den OP, umarmte Hans und drückte ihm einen Kuss auf die Wange.

»Hei, Hansi! Schön, dich endlich wieder zu sehen. Ich leg mich schon mal. Alles wie besprochen! Hach, ich bin so aufgeregt!«

Die Assistentin kam mit der Rolle grauem Klebeband und zog einen Streifen ab.

»Mensch, Zicke! Geh mit dem Tesa weg! An meinen Körper lass' ich nur den Hansi!«

Rip Tschejnsow hielt ihr das Mikrofon hin. »Was lassen sie sich heute reducen?«

Hans kam mit einer Stichsäge und einer Grillzange und schob den Reporter zur Seite und tastete fachmännisch die Stirn ab.

»Ich lasse mir ein Stück von meinem Scheitelbein entfernen und dann auch ein bisschen Hirn. Man braucht ja gar nicht so viel. Die meisten Leute benutzen nur 5 % von ihrem Hirn. Da kann ich mir doch ein Stückchen rausschneiden lassen, was Hansi?«

Hans setzte die Säge an, die sich heulend in den Schädel fraß. Die Frau, der Reporter und Hans wurden mit Blut vollgespritzt. Eine Fontäne spritzte durch den Raum und traf sogar die Assistentin. Hans wackelte am Schädelknochen und hob ein Stück ab. Darunter glänzte graues Gehirn. Der Reporter verdrehte die Augen und fiel aus dem Bild.

Hans kommentierte seine Arbeit daraufhin selbst. »So, der Schädel ist auf. Jetzt noch ein Stück vom Temporallappen!«

»Mensch Hansi! Das tut überhaupt nicht weh! Das ist alles so aufregend!«

Hans nahm die Grillzange. Der Reporter erhob sich mühsam vom Boden und schien sich an seinem Mikro festzuhalten. Hans griff mit der Zange in das Gehirn. Mit einem Fleischmesser löste er ein faustgroßes Stück und zog es hinaus. Der Reporter kippte zur linken Seite und verließ erneut das Bild.

»Schau mal Evelyn, das hab ich dir rausgeholt.«

Evelyn stand kurz vor der Ekstase. »Mensch, Hans! Was für ein Prachtding! Säg' weiter, weiter bitte!! Hans, ich liebe dich!«

Im Studio hatte Hilti Schaftschneider ihr Fernsehlächeln aufgesetzt.

»Hier im Studio haben wir alles vorbereitet für unsere tolle Gala-Party! Heute Abend, exklusiv in Axe-plosiv, wird der berühmte Künstler Hans Keilbein sein neues Kunstwerk vorstellen, das er aus den Gliedern seiner Klienten erschaffen hat. Mit bei unserer Party sind auch einige seiner Opfer ... äh Kunden.«

Der Raum war mit Luftballons geschmückt. Fein gekleidete Leute standen herum, manche ohne Arme oder mit fehlendem Bein. Eine Brünette mit viel zu kurzem Minirock ging herum und reichte Sekt. Einer griff nach dem Glas, doch ihm fehlt die Hand. Das Glas stürze hinab und zerschellte. Schäumender Sekt perlte auf dem Boden.

Hilti Schaftschneider holte tief Luft,»Applaus für Hans Keilbein!« Hans betrat die Bühne. Vor sich schob er einen kleinen Wagen mit dem noch verdeckten Kunstwerk. Alle klatschten. Zwei, die nur noch jeweils einen Arm hatten, scheiterten bei diesem Versuch, dann trafen sich ihre Blicke und sie stellten sich dicht nebeneinander. Nun klatschte der eine mit der Hand vom anderen.

Hans trat zum Mikrofonständer.»Meine sehr verehrten Damen und Herren! Ich darf ihnen heute den Höhepunkt meines künstlerischen Schaffens präsentieren! Aus den Körperteilen meiner Klienten schuf ich diese einzigartige Komposition! Ich nenne ihn in Anlehnung an sein literarisches Vorbild „Victor Keilbein« Applaus, Applaus!«

Hans riss schwungvoll das Tuch weg. Darunter hockte ein zusammengeflicktes Monster. Es erhob sich und ging schnurstracks auf das Publikum zu. Die Menge schrie auf. Das Monster packte Hilti und zerrte an ihrem Kopf.

Keilbein war sichtlich erschrocken»Victor! Lass' das! Aus! Oh, Hilti, er hat zu wenig Hirn, die wenigsten wollen etwas spenden, mein armer Victor!«

Im allgemeinen Durcheinander flüchteten einige Leute, andere humpelten zu dem Monster und wollten es überwältigen. Victor erwehrte sich jedoch mit immenser Kraft. Arme wurden ausgekugelt, Schädel eingedrückt. Hans rannte aufgeregt zwischen den Leuten hin und her, als die Kamera in die Totale ging und das Senderlogo eingeblendet wurde.

»Sehen sie nächste Woche bei AXE-TV: Neuer Sport in der Karibik. Haifischweitwurf. Und: Extremsport in den Alpen – Lawinen Ski. Wie vier Verrückte eine Lawine auslösen und vorne weg auf Skiern flüchten. Jetzt flüchten sie vor der Schweizer Polizei. Wir sind live bei den Bergungsarbeiten im lawinenverschütteten Alpendorf – werden wir Überlebende finden?

Und: Bei Axe-plosiv zu Gast – Hannelore Esbrink. Sie bekennt offen: Ich bin süchtig nach Kaugummi! Nächsten Donnerstag, 22 Uhr 15, bei AXE-TV!«

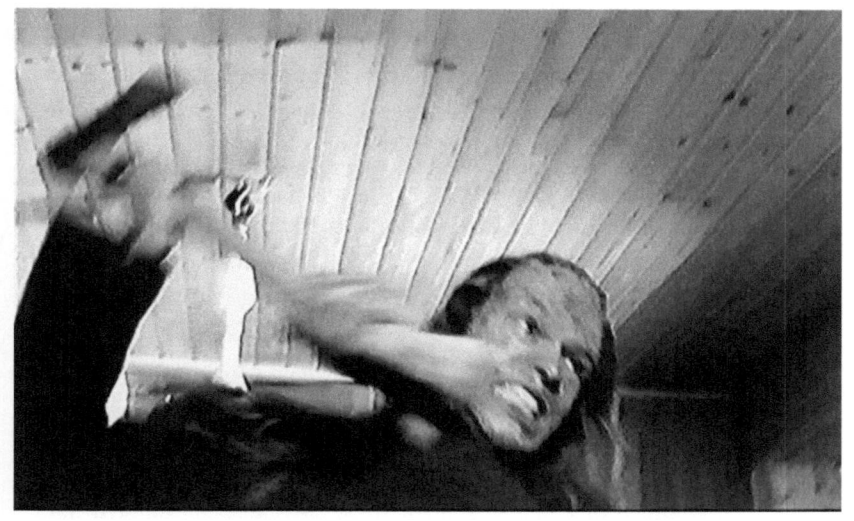

Filmszene: Richard Zoller in „Tot – aber glücklich“

Zack und weg

Michael war rundum zufrieden. Jaqueline hatte sich zwar für die nächste Woche verabschiedet, aber er wusste, dass ein neuer und sehr guter Abschnitt in seinem Leben begonnen hatte. Er freute sich auf Jaqueline, wenn sie wieder zusammen sein konnten. Er konnte sich noch nicht ins Bett legen und setzte sich lieber in den Sessel, stopfte sich eine Pfeife und hob das Foto/Video-Magazin vom Wohnzimmertisch und blätterte ziellos duch die Seiten.

Durch das kleine Fenster der Souterrainwohnung fiel das Licht der Straßenlaterne und mischte sich auf dem Teppich mit dem Schein der Stehlampe. Er hörte die Haustüre erneut, durch die sich Jaqueline vor etwa einer Viertelstunde verabschiedet hatte.

Na, das hat sie aber nicht lange ausgehalten – witzelte er mit sich selbst. Sein Blick fiel auf ihre Stofftasche und er musste grinsen. Er freute sich, sie noch ein weiteres Mal zu sehen, bevor er gleich schlafen ging und sie zu ihrer Tante nach Hamburg fuhr. Er hörte ihre Schritte auf dem Flur, wie sie sich näherten. Das für Jaqueline untypische Klackern hoher Absätze im Flur viel Michael erst auf, als sich die Türe öffnete. Das Licht der beiden Lampen fiel auf ein bekanntes Gesicht. Michael blies für heute seine letzte Rauchwolke aus. Er brauchte etwa drei Sekunden, um die Situation zu erfassen. Mehrere Fragen tauchten in seinem Kopf auf und beunruhigten ihn. Wie konnte sie wieder auftauchen, was wollte sie mit dem Messer und schließlich die letzte Frage, die er laut stellte: »Doris, ich dachte du bist tot?« Mit entwaffnender Folgerichtigkeit antwortete Doris: »Bin ich ja auch!«

Erst dann löste sich Michaels Starre; er sprang auf und flüchtete.

Eine Woche zuvor

Michael und Doris hatten sich in die letzte der drei Reihen auf die Holzbank neben zwei anderen Sektenmitgliedern gequetscht. Das billige Aftershave von dem dicken Mann zu seiner Linken kitzelte in Michaels Nase. Der Keller war feucht, die unverputzte

Backsteinwand wurde von genau 13 Kerzen erleuchtet. Auf dem Altar lag ein Plastikschädel, von zwei Kerzenleuchtern eingerahmt. Dann betrat mit gemächlichen Schritten Aylina den Altarraum, wie sie ihn nannte. Wie immer war sie ganz in Schwarz gekleidet, hauteng und mit viel zu schwarz geschminkten Augen. Dadurch wirkte ihr Blick noch irrer als schon bei Tageslicht. Schröder folgte ihr zum Altar, er trug einen langen dunkelgrünen Ledermantel von seinem Großvater und hatte einen alten Spazierstock in der Hand. Es schien als wüsste Schröder nicht, ob er damit die Gemeinde dirigieren oder ob er sich auf ihn stützen sollte. Die Sonnenbrille und die Bartstoppeln ließen ihn ein wenig wie ein Popstar der Achtziger wirken. Grinsend stand er neben Aylina. Sie erhob die Hände zum Himmel, bzw. so hoch es der niedrige Gewölbekeller zuließ und holte tief Luft, dann begann sie zu sprechen.

»Im Namen der sieben Großfürsten der Hölle – Barbiel, Mephistophiel, Gamael, Aciel, Anael, Ariel und Marbuel. Bald ist eure Zeit gekommen, wir sind für euch da, wir bereiten euren Weg, lasst uns teilhaben an eurer Macht ...«

Während Aylina über die kleine Gemeinde hinweg redete, formte sie unablässig Kreise mit ihren Handflächen in der Luft. Michael erwischte sich dabei, dass er ein wenig wegnickte und sich wünschte, bald aus dem stickigen Keller zu entkommen. Um sich abzulenken schaute er auf die Locken von Barbara. Ihr Haar kräuselte sich auf nahezu psychedelischer Art an ihrem Rücken hinab und glänzte zwischen Schwarz und Gold. Als Aylina irgendetwas vom Grimoirium Verum und der Anrufung der Geister Frimost und Astaroth sprach, fuhren diese Haare plötzlich vor Michael empor und aus seinem Blickfeld heraus. Michael war wieder wach. Barbara war aufgestanden und schob den Vordermann etwas zu Seite, um sich Platz zu verschaffen.

»Aylina, ich glaube, du übertreibst. Wir hatten ganz andere Ideale als wir anfingen. Und jetzt? Glaubst du an die Geister? Willst du wirklich diese Hölle aus dem Mittelalter beschwören? Wir haben Satelliten, Handys und GPS. Willkommen im 21. Jahrhundert! Mir reicht's, macht gerne weiter, aber ich bin raus!«

Barbara schob die beiden Vorderleute auseinander und stieg über ihre Bank; dann verließ sie den Hexenkeller.

Aylina biss die Zähne feste aufeinander. Ihr Blick bestand aus Feuer und Eis. »Niemand kann unsere Gemeinde verlassen! Ihr werdet sehen, die Großfürsten der Hölle werden das nicht dulden! Wir sind eine Gemeinde – für ewig miteinander verschworen – keiner kann jemals austreten!«

Schröder grinste.

Daraufhin erhob sich auch Michael. Doris riss die Augen auf und griff nach seiner Hand. »Bleib sitzen!«, zischte sie.

Michael zog seine Hand langsam aus Doris Griff. »Tut mir leid«, sagte er mehr zu Doris. »Ich gehe auch. Seid mir nicht böse, aber ich kann damit nichts anfangen. So etwas gibt es nicht, dafür ist die Wissenschaft heute viel zu weit, als dass ich mich auf so einen Hokuspokus einlassen kann. Macht gerne was ihr wollt, aber ohne mich; ich wünsche euch noch viel Spaß.«

Dann verließ auch Michael den Keller und freute sich auf die frische spätsommerliche Brise vor dem alten Backsteinhaus.

Erst jetzt senkte Aylina die Hände. Ihre Wangenknochen traten hervor. Schröders Grinsen erstarb erst, als er von ihrem Blick getroffen wurde. Dann holte sie erneut Luft. »Niemand kann uns verlassen. Wir haben einen höllischen Packt geschlossen. Da schützt auch der Unglaube nicht! Auf ihnen lastet der Fluch der Großfürsten, dem niemand entrinnen kann! Beide werden einen schrecklichen Tod erleiden! Die sieben Großfürsten der Hölle werden persönlich kommen, um ihnen den Hals rumzudrehen! Meine lieben Brüder und Schwestern: Bei unserer nächsten Zusammenkunft werdet ihr wissen, dass bereits einer von ihnen hingerichtet wurde!«

Außer Aylinas schwerem Atmen lag Grabesstille über dem Keller.

Barbara schaute durch den Türspion. Draußen standen Aylina und Schröder. Barbara verdrehte die Augen. Sie hatte sich so auf diesen freien Abend gefreut, jetzt kam dieser Bund der sieben Großfürsten schon zu ihr nach Hause, sicher würde das eine lange und zähe

Diskussionsrunde geben, auf die sie überhaupt keine Lust hatte. Sie überlegt, sich einfach tot zu stellen oder das Haus durch das Badezimmerfenster zu verlassen. Dann öffnete sie die Wohnungstüre, unterkühlt fragte sie:»Was wollt ihr denn hier?«

Aylina antwortete ähnlich emotionslos:»Noch mal mit dir reden ... wegen gestern.«

Aylina und Schröder traten wie selbstverständlich in die Wohnung ein und Barbara folgte ihnen ins Wohnzimmer und sagte:»Da gibt es nicht mehr viel zu reden.«

Aylina nickte einmal Schröder zu, der sein ergebenes Lächeln aufsetzte.

Barbara schaute zwischen den beiden hin und her und in Ermangelung einer Antwort fragte sie erneut:»Also, was wollt ihr mir sagen?«

Aylina nahm Haltung an und wirkte plötzlich wieder wie ganz die Priesterin des Schreckens, für die sie sich gerne hielt. Dann holte sie theatralisch Luft und sprach:»Wir finden es wichtig, klarzustellen, wie leid es uns tut, dass du aus unserem Bund austreten willst. Wie du sicherlich weißt, mögen die Großfürsten der Hölle es nicht, wenn jemand ihre Gemeinde verlässt ...«

Schröder griff seinen Spazierstock, packte den silbernen Knauf und zog kräftig daran. Der Knauf gab nach und zog einen Säbel aus dem Stock mit sich. Barbaras Augen weiteten sich.

Aylina hob ihre Hände, formt Kreise in der Luft und fuhr fort:»Wir möchten den Großfürsten helfen, ihr Urteil zu vollstrecken!«

Barbara wusste nicht, ob dies zu einer Inszenierung gehörte.»Seid ihr wahnsinnig?«

Doch Schröder holte mit seinem Säbel aus und stach Barbara unvermittelt in den Unterleib. Ungerührt sprach Aylina weiter:»Dir möchten wir helfen, deine gerechte Strafe in diesem feierlichen Rahmen in Empfang nehmen zu dürfen ...«

Während Aylina die Festrede hielt stach Schröder weitere 12 Mal auf Barbara ein und versaute den Boden, die Wände, die Decke und nicht zuletzt sich selbst mit Barbaras Blut. Als Barbara reglos vor dem

Fernseher lag, erhob sich Schröder. Er steckte den Säbel zurück in den Stock und schaute auf seine rechte Hand. Einer der zahlreichen Blutfontänen hatte ihn dort getroffen. Mit einer gewissen Faszination schaute er dem Blutstropfen nach, der sich seinen Weg über die Handinnenflächen suchte.

Aylina konnte ihren Blick kaum von Barbara reißen. Langsam nickte sie, ließ ihre Hände hinab und ein Lächeln umspielte ihre Lippen.

»Amen. Komm, wir gehen!«

Frank steckte sich eine Zigarette in den Mund und ging in die Küche. Verschlafen setzte er einen Kessel Wasser auf den Gasherd. Als er die Schlafzimmertüre klappen hörte, entfuhr ihm ein kleiner Fluch. Seine freie Zeit für heute war wieder vorbei.

»Morgen!«, erschallte es durch die Küche. Frank versuchte Margret zu ignorieren.

»Was für ein schöner Tag! Wir müssen unbedingt überlegen, was wir heute alles machen. Bist du im Bad schon fertig?«

Frank wusste, dass ein Unfall helfen könnte. Was einmal geklappt hat, könnte bei Margret auch helfen. Er überlegte, ob er noch ein Laken hatte. Und ein Seil. Diesmal würde er sich nicht mit Buddeln im Wald aufhalten – er hatte eine bessere Idee.

»Wir können mit den Fahrrädern noch mal zu dem kleinen See fahren und dort ein Picknick machen!«, schlug Margret vor.

See. Das war das Stichwort. Da wollte Frank hin. Mit ihr.

Der Wasserkessel pfiff wie zum Angriff.

Michael war froh, wenigstens diese Woche Urlaub zu haben. Er hatte nicht vor, zu verreisen, dafür war der Urlaub zu kurzfristig zu Stande gekommen. Er genoss es, ohne Termine und ohne jeden Stress zu Hause zu bleiben. Doris hatte versprochen, etwas Tolles zu kochen und war mit einer dicken Kühltasche am späten Vormittag bei ihm eingefallen. Er hatte sich ins Wohnzimmer gesetzt und den Generalanzeiger aufgeschlagen. Doris begann in der Küche zu rascheln. Sie hatte sich den ungeliebten Sportteil von Michael geholt, um Kartoffelschalen darin zu sammeln.

»Michael, kommst Du mal?«, ertönte es aus der Küche. Michael riss sich widerwillig vom Königswinterer Lokalteil los und ging in die Küche. Sie hatte trotz der Hausarbeit hohe Schuhe an und klackerte damit seit ihrer Ankunft durch die Wohnung. Ihre Augen waren heute ähnlich tiefschwarz geschminkt wie die von Aylina. Ein ungutes Gefühl beschlich ihn.

»Du solltest nicht aus dem Bund austreten! Du kannst gar nicht austreten«, begann Doris unvermittelt während sie verbissen einer Kartoffel die Haut über die Ohren zog.

Michael hatte es befürchtet. »Ich weiß, wie wichtig dir das ist, und du kannst gerne machen was du willst, aber ich kann da nicht mitmachen – ich will das alles nicht mehr!«

Doris starrte weiterhin auf die Kartoffel in ihrer Hand. Sie hielt das Messer in ihrer Faust und zerstörte mit einer kreisenden Bewegung der Messerspitze ein Auge der Kartoffel. »Du kannst gar nicht austreten«, wiederholte sie mit leiser Stimme. »Wir sind alle Eins, du musst mit uns beten!«

Michael war die Situation unangenehm. »Versteh doch ...«

»Nein, du verstehst nicht! Aylina hat gesagt, du musst sterben.«

»Lass mich in Ruhe mit Aylina!«

Doris ließ nun endlich von der armen Kartoffel und blickte Michael an. Leicht kippte ihr Kopf zur Seite, ein freudloses Lächeln umspielte ihre Lippen. Sie schien etwas Elementares verstanden zu haben. »Ich werde dich töten ... Ja, das ist es! Es ist meine Aufgabe, ich muss es tun!«

Michaels Nackenhaare stellten sich empor. »Du bist mir unheimlich, hör mit dem Quatsch auf!«, bat er.

Doris holte mit dem Messer aus und ließ es Richtung Michael sausen. »Du hast nie begriffen, worum es geht. Du gefährdest, dass wir alle vollkommen werden.«

Michael sprang zur Seite und Doris Hieb stach ins Leere.

»Hör sofort damit auf! Doris, komm wieder zu dir!«

Doris holte erneut aus und ging auf Michael los. Michael drehte sich weg, packte ein Nudelholz und schlug damit gegen Doris Stirn. Doris Blick brach, dann sackte sie zusammen und mitsamt ihrem Messer, welches sie immer noch in der Hand hielt, schlug sie auf dem Küchenboden auf. Ihre linke Hand fiel zuletzt auf den Boden, öffnete sich und ließ die misshandelte Kartoffel frei, die unter den Küchentisch rollte. Nur eine kleine rote Stelle an ihrer Stirn zeugte vom Kampf, ihre Haare bildeten einen Kranz wie schwarzes Feuer um ihren Kopf.

Michael stand bestimmt sieben Minuten in der Küche und konnte das Drama kaum fassen. Dann wusste er, dass er dringend eine Lösung für den Schlamassel brauchte. Er musste seinen besten Freund anrufen – wenn sich einer mit Frauen auskannte, dann Frank. Er zückte sein Handy und rief ihn an.

Frank griff mit den Gummihandschuhen an den Händen nach dem Festnetztelefon, ein altes aus den 90er Jahren mit Spiralkabel am Hörer. Frank lauschte kurz und polterte drauflos. »Immer nur Ärger mit den Weibern, typisch. Mein Plan: bleib locker, hol' die Sachen, die man braucht und warte auf mich.«

»Was braucht man denn? Ich hab' keine Erfahrung.«

»Ein Laken und ein Seil.«

»Und bestimmt einen Spaten.«

»Spaten kannste vergessen. Ich hab eine tolle Idee – Überraschung!«

Frank legte den Hörer zurück und schaute auf das blutbesudelte Telefon.

»Bah, so eine Sauerei – immer nur Ärger!« Er versuchte die gröbste Verunreinigung von seinen Händen an der Plastikschürze abzuwischen, verteilte die rote Masse aber nur weiter über seine Schürze.

74

Michael konnte die Küche nicht betreten. Er lief im Wohnzimmer auf und ab. Das Laken und das Seil lagen bereit. Dann ertönte endlich die Klingel.

Als Michael die Türe öffnete, schlug seine Überraschung augenblicklich in Freude um.

»Jaqueline?! Schön dich zu sehen!«

Ihr entwaffnendes Lächeln bezauberte Michael.

»Komm rein!«, bot er ihr an.

»Ich habe grade Äpfel beim Bauern gekauft und da wollte ich dich besuchen, du Urlauber!«

»Ja ... äh ... genau, komm' doch ins Wohnzimmer! War' es heute stressig im Büro? Viele Rasenmäher verkauft?«

Michael führte sie galant an der Küche vorbei, aufs äußerste bedacht, jeden Blickkontakt zwischen Jaqueline und der Küche zu verhindern. Die Türe ließ sich nicht ganz schließen, da Doris Kopf im Weg war und Michael sich nicht traute, die Leiche anzufassen.

»Setz dich«, bot Michael an.

Jaqueline nahm das Leintuch mit dem Seil und legte es auf den Beistelltisch mit dem Generalanzeiger, dann setzte sich sich auf die Couch und lehnt sich entspannt zurück, während Michael nicht genau wusste wohin mit seinen Händen.

»Möchtest du mir nicht einen Kaffee anbieten?«, übernahm Jaqueline die Initiative.

»Kaffee! Genau, ich mach welchen!« Michael sprang auf.

»Ich helfe dir.« Jaqueline erhob sich, wurde aber von Michael sofort wieder in das Sofa zurückgedrückt.

»Oh, nein – das geht nicht! Die Küche ist besetzt ... also ...«

»Warum soll ich dir denn nicht helfen?«

»Die – äh – Küche ist nicht aufgeräumt; ganz dreckig.«

»Das ist aber schlimm!« Jaqueline schüttelte den Kopf und ließ Michael alleine in die Küche ziehen.

Michael turnte über Doris und befüllte die Kaffeemaschine, die bald drauf zu röcheln begann.

»Das Wetter ist ja richtig herrlich geworden, nicht wahr?«, versuchte Michael Normalität herbeizuzaubern.

»Ja. Wunderbar!«, schallte es aus dem Wohnzimmer.

»Wir könnten am Wochenende zusammen spazieren gehen.«

»Au ja – gute Idee.«

Michael goss zwei Tassen voll Kaffee, als es erneut an der Wohnungstüre klingelte.

Jaqueline erhob sich vom Sofa und rief:»Ich mach' schon auf.«

Jaqueline öffnete die Türe. Frank stand vor ihr, nahm einen tiefen Zug von seiner Zigarette und blies den Rauch in die Wohnung.

»Tach auch!«, sagte er und trat an Jaqueline vorbei.

Michael trat mit zwei Tassen Kaffee in den Flur.»Da bist du ja endlich! Auch eine Tasse?«

Jaquelines Blick wechselte zwischen den beiden Männern hin und her. Ihre Miene verfinsterte sich.

Frank schüttelte den Kopf.»Wie seid ihr denn drauf? Will dein Besuch jetzt gehen?«

Michael trat mit den beiden Tassen in der Hand von einem Fuß auf den anderen.»Äh – ja ... 'tschuldigung, das ist jetzt vielleicht was doof ...«

Jaqueline wusste, dass sie fehl am Platz war.»Ja, ja, ist ja schon gut. Ich gehe.«

Jaqueline öffnete erneut die Haustüre und verschwand.

Michael bemühte sich um Schadenbegrenzung.»Tut mir leid.«

Jaqueline bleibt stehen und blickt Michael in die Augen; er sagte: »Ich ruf' dich an wegen des Spaziergangs.«

Jaquelines Gesicht hellte sich ein wenig auf, versuchte es aber zu kontrollieren. Viel zu soft für einen Fluch sagte sie leise:»Spinner!«

Dann verschwand sie.

Michael schloss die Tür mit dem Fuß, immer noch mit den zwei Tassen Kaffee in den Händen. Michael atmet tief durch.

Frank nickte wissend und sagte:»Die eine geht, die nächste kommt. Wo liegt sie? In der Küche?« Frank schob mit fachmännischem Blick die Küchentüre auf.

Michael rollte Doris wieder zurück und Frank zog das Laken auf seiner Seite zu sich.

»Ich habe einen See im Wald entdeckt. Wir schmeißen sie da 'rein – zack und weg. So einfach ist das! Dann müssen wir nicht buddeln.«

Michael schaute interessiert auf.»Deshalb brauchen wir keinen Spaten!«

»Du Checker! Einfach rein – zack und weg!«

»Das Messer kann sie behalten«, sagte Michael und klappt das Laken über Doris.

»Tu die Schalen mit rein, dann haste 'ne saubere Küche!«

»Du Pragmatiker!«

Michael knuddelte den Sportteil mit den Schalen zusammen und legte das Päckchen behutsam auf Doris Brustkorb. Dann schnürten die beiden das Laken mit Doris Leichnam mit einem Seil zusammen.

Frank blies Rauch zum Autofenster hinaus, ließ seine Kippe auf den Parkplatz fallen und kurbelte das Fenster zu.

»Ist dunkel genug, auf geht's!«, sagte Frank und stieg aus seinem alten Taunus.

Michael hatte das Doris-Paket über der Schulter liegen.

Die beiden Männer tatsteten sich durch den dunkler werdenden Wald; Michael kämpfte mit der Leiche auf seinen Schultern mit den schlecht zu erkennenden Ästen, die ihm immer wieder den Weg versperrten.

»Hör auf zu jammern, das ist diesmal deine Leiche. Dafür haste dir das Graben gespart!«

»Ich glaube, das Graben war nicht schwerer«, meckerte Michael.

Am Ufer packte jeder ein Ende des Paketes. Gemeinsam holten sie Schwung und warfen Doris so weit sie konnten in den See. Das Lied der Zikaden wurde kurz vom Platschen der Leiche unterbrochen. Gurgelnd versank das hell schimmernde Paket zwischen den konzentrischen Kreisen. Michael hatte das Bedürfnis, pathetische Worte zu finden. Er stand stocksteif am Ufer. Noch bevor er den Mund öffnen konnte, drehte sich Frank ab.

»Komm jetzt!«

Der Taunus spuckte ein blau-graue Wolke über den Schotterplatz. Als die beiden auf die Straße abbogen, hatten die Tiere ihren Wald wieder zurück.

Und die Kraft, die seit jeher hier schlummerte.

Die Kraft erwachte.

Michael ließ seinen Blick über die Felder gleiten. Ganz hoch über ihnen zwitscherte aufgeregt ein Vogel. Er war so hoch, dass man ihn nur als kleinen schwarzen Punkt sah. Michael schaute einem Schmetterling zu, wie er über dem Weizen tanzte. Deine Freunde sind jetzt in meinem Bauch, dachte er und schaute zu Jaqueline. Schön war sie, dachte er.

Jaqueline zeigte auf die Baumreihe jenseits des Feldes. »Sollen wir runter zum Bach? Da habe ich oft als Kind gespielt – dass wir uns hier nie begegnet sind?«

»Ich bin vier Jahre älter als Du«, sagte Michael, »das macht in dem Alter 'ne Menge!«

»Und jetzt spielst du auch mit jüngeren Mädchen?«

Michael grinst sie an, dann rannten sie runter zum Bach.

Ihre beiden Jeanshosen waren voller Schlamm. Sie hatten ihre Schuhe ausgezogen und saßen auf der Couch. Jaqueline saß etwas zu dicht an Michael, als dass es pure Freundschaft gewesen wäre. Michael spürte ihre Wärme.

»Komm' wir kochen uns einen Kaffee.«

»Au ja«, sagte Jaqueline, »ich helfe dir.«

»Gerne!«

Dann liefen sie in die Küche.

Als die Maschine Kaffee in die Kanne spuckte, schaute Jaqueline über den Fußboden.

»Liegt da eine Kartoffel unterm Tisch?«

Michael wurde es noch heißer.

»Oh, die hat wohl Doris ... die hab ich wohl fallen lassen.«

»Wo ist eigentlich Doris?«

»Weg, ich meine, sie ist wieder ins Dorf ihrer Eltern nach Meckpomm. Sie will eine Ausbildung machen und noch mal neu anfangen.«

»Ihr habt euch getrennt?«

»Ja. Es ist endgültig vorbei.«

»Oh, das tut mir Leid ...«

»Braucht es nicht – die Beziehung war zu Ende – wir waren zu unterschiedlich. Wir hatten zu unterschiedliche Ansichten von Gott und der Welt ... es ist o.k., ich fühle mich frei!«

Sie tranken ihren Kaffee in der Küche und unterhielten sich noch eine Weile.

Michael wusch die beiden Tassen unter fließendem Wasser ab. Als er sie zurück in den Schrank stellen wollte und sich reckte, stand Jaqueline hinter ihm und fuhr ihm mit einem Finger die Wirbelsäule hinab. Michael zuckte wohlig, dann drehte er sich zu ihr um und beide fielen sich in die Arme.

Der Rest der Woche verlief turbulent.

Am Freitag gingen beide ins Kino und kehrten kurz nach Mitternacht zu Michaels Wohnung zurück. Kaum im Flur fielen beide schon übereinander her – schafften es aber noch rechtzeitig in Michaels Schlafzimmer.

Als beide ermattet nebeneinanderlagen schaute Michael zum Fenster der Souterrainwohnung hinaus auf die Straßenlaterne und fühlte sich glücklich. Jaqueline schälte sich aus seinen Armen.

»Leider muss ich morgen früh raus, ich muss Dich verlassen.« Verschmitzt schaute sie ihn an.

»Und dann bist Du eine Woche weg?«

»Nur eine Woche!«, sagte sie. »Ich muss wirklich zu meiner Tante nach Hamburg.«

»Ich weiß?!«, sagte er und ließ sich wieder in die Kissen zurückfallen. Es schmerzte ihn und er wollte keine trüben Gedanken haben – er fühlte sich glücklich mit Jaqueline.

Sie schlüpfte in ihre Kleider, verabschiedete sich und verschwand aus der Haustüre.

Michael spürte, wie sein neues Leben begonnen hatte. Er war durchströmt von einem Neuanfang – die Woche ohne sie würde er überstehen. Sie würden sich schreiben, er freute sich schon jetzt auf die erste Kurznachricht morgen Früh. Es war unmöglich, jetzt zu schlafen. Er ging ins Wohnzimmer, setzte sich in seinen Sessel, stopfte sich eine Pfeife und hob das Foto/Video-Magazin vom Wohnzimmertisch und begann zu lesen ...

Jaqueline hatte gerade ihre Schuhe abgestreift als sie bemerkte, dass sie ihre Stofftasche vergessen hatte. »Mist!«, fluchte sie leise in sich hinein. Sie schlüpfte wieder in ihre Schuhe und verschwand in die Nacht. »Dann werden wir uns wohl vor Hamburg noch mal sehen!«, dachte sie und freute sich insgeheim auf Michael. Sie stieg in ihren Wagen und fuhr Richtung Michaels Wohnung.

Jaqueline öffnete die Haustüre und betrat die Wohnung. Sie sah das Licht unter der Wohnzimmertüre scheinen. »Dachte ich mir, dass du noch mal aufstehst!« Sie grinste und näherte sich dem Wohnzimmer. Dem Gepolter aus dem Wohnzimmer schenkte sie keine große

Beachtung und drückte die Türe auf. Sie schaute auf das offene Fenster und wusste, dass etwas nicht stimmte.

»Michael?«, fragte sie leise. Die Straßenlaterne schien in das Zimmer und zeichnete Schatten auf die Rauhfasertapete. Jaqueline erblickte aus dem Augenwinkel eine Bewegung. Sie sah erst den Schatten an der Wand, ein Arm schien weit auszuholen.

Dann sauste das Messer auf sie hinab.

Michael rannte im Schein der Straßenlaternen zu dem alten Hof, in dem sich Frank einquartiert hatte. Im Schuppen brannte Licht. Michael klopfte hektisch gegen das Tor, bis Frank endlich öffnete.

»Tach auch! Komm 'rein. Kannste gleich mit anpacken.«

Michael zwängte sich hinein und verschloss schnell das Tor.

»Du glaubst ja gar nicht, was passiert ist!«, versuchte Michael seine Geschichte zu erzählen und rang immer noch nach Luft.

Auf dem Boden lag halb in ein Leintuch gehüllt eine Frauenleiche.

Frank blickte kurz auf. »Ja, was denn?«

»Doris ist wieder da.«

»Aha.«

Frank kniete sich wieder zu der Leiche und wickelt sie in ein Laken. Michael kniete sich ebenfalls hinab und kam Frank zur Hilfe.

Frank zeigte auf die Tote. »Ich habe das mit Margret nicht mehr ausgehalten. Habe ich dir schon von Simone erzählt? Die ist vielleicht knackig. Sie kommt morgen und bleibt dann über's Wochenende!«

»Hör' mal, das mit Doris war kein Scherz! Sie ist halb verfault und stinkend zu mir gekommen.«

»Gestunken hat sie schon früher. Hast du dich nicht unter Umständen vertan? Vielleicht war's deine Nachbarin? Die ist auch hässlich.«

»Nein! Es ist Doris und sie ist hinter mir her!«

Die beiden schnüren das Leinenpaket mit einem Seil zu.

Frank öffnete den Kofferraum seines Ford Taunus. Der Mond schien in das Innere und beleuchtete unter anderem Zeitungen, leere Coladosen und einen geplatzten Reifen. Die beiden Männer hoben die Leiche vom Boden und verluden sie im Kofferraum.

»Wir dürfen sie auf keinen Fall in den See werfen!« Michael wackelte mit seinem Zeigefinger in der Luft.

»Warum denn nicht?«

»Doris ist aus dem See zurückgekommen. Ich sag's dir, der See ist verflucht!«

»Quatsch! Du spinnst ja! Du hast zu viele Weibergeschichten! Wir schmeißen sie auf jeden Fall in den See. Was denn sonst?«

Frank hatte sich auf seine Schaufel gestützt und schien sich die Waldlichtung genau anzuschauen. Michael hob einen großen Brocken Erde auf seine Schaufel und schmiss die Ladung vor den Rand der Grube.

Frank schaute regungslos in die Grube. »Alles wegen dir! Das mit dem See war so einfach. Zack und weg. Aber nein, der Herr hat ja schlechte Träume.«

»Das sind keine Träume! Kann ich die nächsten Nächte bei dir pennen? Mir ist's zu Hause nicht geheuer.«

»Von mir aus. Was ist denn mit deiner neuen Ische? Gibt die dir kein Asyl vor der Hexenverfolgung?«

»Die ist in Hamburg.« Michael war heil froh, sie in Sicherheit zu wähnen.

»Also gut, kommste zu mir. Aber du machst den Abwasch!«

Michael grub weiter an dem Grab, schaute kurz auf und sagte: »Scherzkeks!«

In Franks Küche saßen Frank und Simone am Tisch, Frank spielte an einer Locke von Simone, die sich das gerne gefallen ließ. Vor ihnen auf dem Tisch standen drei Gläser, mehrere leere Flaschen Bier und eine Kerze. An der Spüle stand Michael und versuchte die Teller mit einer Bürste von den Käseresten zu befreien.

Etwa eine Stunde später saß Michael allein an dem abgeräumten Tisch und schaute dem Mond beim Leuchten zu. Die Vergnügungen aus Franks Schlafzimmer waren mittlerweile verstummt. Dann öffnete sich die Schlafzimmertüre. Frank kam in die Küche und steckte sich eine Zigarette an.

»Tach auch!«

Frank griff an die Kühlschranktüre und zog sie auf. Der Schein der Kühlschranklampe fiel heraus und direkt in das vermoderte Gesicht.

Frank holte zwei Flaschen Bier aus dem Kühlschrank und ließ die Türe zufallen.

Michael erstarrte. »Kannst du bitte den Kühlschrank noch mal öffnen?«

Frank öffnete den Kühlschrank erneut. »Warum?«

Da sah auch Frank die verwesende Gestalt. Ein spitzer Schrei entfuhr seiner Kehle.

Doris hob ihre Hand und das Messer funkelte im Mondlicht. Michael und Frank rannten so schnell sie konnten aus dem Haus.

Doris schaute ihnen nach. Dann hörte sie erneut die Schlafzimmertüre. Simone hatte nur ein seidenes Nachthemd an. »Schatz? Wo bist du geblieben?«

Dann öffnete sie die Küchentüre und trat ein. Das letzte was sie sah, war das kurze Aufblitzen von Doris Messer.

Michael und Frank hatten es bis zur Dorfkapelle geschafft, da verlangsamten sie ihre Flucht. Frank hustete Reste von Zigaretten hervor, »Puh, ich kann nicht mehr!«

Michael schaute sich unsicher um. Die Straße lag friedlich im Schein der Straßenlaternen. An einer Einfahrt bemerkte er eine Bewegung. Sofort stieg sein Adrenalinspiegel. Es war nicht Doris. Zwei Gestalten sprangen aus ihrer Deckung und rannten zu den beiden Männern.

Michael drehte sich ab, stieß Frank heftig in den Rücken und schrie: »Sie kommen! Renn!«

Hinter Michael und Frank nahmen Aylina und Schröder die Verfolgung auf. »Dachte ich mir, dass er sich bei seinem Kumpel versteckt«, zischte Aylina zu Schröder, »die holen wir uns beide!« Schröder zückte seine Beretta und feuerte zwei Schüsse ab. Michael und Frank rannten um ihr Leben.

Aylina und Schröder bahnten sich einen Weg zurück zum Waldweg. Sie hatten ihre Spur verloren. Aylina trat auf den Weg und ging strammen Schrittes Richtung Dorf. Schröder hatte etwas Mühe ihr zu folgen und holte sie schließlich ein.

»Mensch Schröder! Du bist zu blöd, diese zwei Affengesichter abzuknallen ... Jetzt sind sie weg. Mit dir kann man aber auch gar nichts anfangen. Sau-doof! Verdammt! Los jetzt, wir gehen wieder.« Aylina unterstrich ihre Worte und stieß Schröder bei jedem Satz vor sich her.

Michael und Frank saßen auf einem Ast einer Buche und schauten den beiden hinterher. Frank versuchte eine etwas bequemere Position einzunehmen und sagte: »Du kennst vielleicht Leute, zum Kotzen. Diese Schlägertypen hier ... selbst in meiner Küche bin ich nicht mehr sicher. Wer war das, und wie kam dieses Etwas in meine Küche?«

Michael versuchte Ruhe zu bewahren und sprach auf Frank wie auf ein kleines Kind ein: »Das war Doris, wirklich!«

Frank verdrehte sie Augen. »Quatsch! Die liegt tot im See.«

»Sie lag im See.«

Franks Gesicht wurde selbst im Mondschein rot. »Nein, nein und nochmals nein – du spinnst, das ist alles! Oder du hast Schulden, und die rennen deshalb alle hinter dir her. Ich will meine Ruhe aber mit dir an der Seite bekomme ich immer nur Ärger! Das wird mir zu gefährlich! Wir sind bestimmt die nächsten, die tot im See liegen; da lieg ich aber lieber mit Simone im Bett. Ich gehe jetzt nach Hause und du auch, aber zu dir!«

Frank schwang sich an einem Ast Richtung Boden. »Ich bin im achten Schuljahr das letzte Mal auf einen Baum geklettert. Unfassbar!«

Beide liefen stumm nebeneinander zum Dorf zurück. An der Dorfkapelle blieben sie stehen. Michael schaute seinen Freund an.

»Also, ich geh jetzt hier her.«

»Und Tschüss!«, murmelte Frank.

»Du mich auch. Aber pass' auf dich auf!«

»Ja, mach' ich. Kannst mich morgen mal anrufen.«

Michael und Frank trennten sich.

Nicht unweit von den beiden hatte sich Doris in Stellung gebracht. Ein Herr mittleren Alters machte sich auf den Heimweg. Doris kam ohne jede Eile aus einer Hofeinfahrt heraus. Noch bevor der Herr aufschreien konnte, hatte sie ihm die Kehle durchschnitte. Sie packte ihn an den Beinen und schleifte ihre Beute die Straße entlang.

Frank betrat den Flur des alten Hauses. Die Stille schien ihn erdrücken zu wollen.

»Hallo Mäusken! Hier bin ich wieder!«

Frank sah Simone im Schein des Mondes. Eine Lache Blut hatte sich vor ihrer Brust bis unter den Kühlschrank ausgebreitet.

»Ach je, immer nur Ärger!«

Dann wand sich Frank ab und verließ die Küche. Mit einem Leintuch und einem Seil kam er zurück, ließ sich zu Simones sterblichen Überresten hinab und verschnürte die Frauenleiche zu einem Paket.

Michael hatte Jaquelines Nummer zum dritten Mal gewählt – erfolglos. Er hoffte, dass sie nach der Nacht einfach ganz, ganz tief schlafen würde. Als er vor seiner Haustüre ankam, atmete er einmal tief durch und schloss seine Wohnungstüre auf. Vorsichtig trat er ein. Er hatte den Eindruck, der Atem der Verwesung lag über der Wohnung. Im Wohnzimmer sah er Jaqueline auf dem Boden liegen. Es gab keinen Zweifel – sie war tot. Michael kniete sich zu ihr hinab. Erst als eine Träne aus seinen Augen fiel merkte er, dass er weinte.

Frank hatte die Leiche in dem Leintuch bis zum See geschleift. Er rollte sie auf dem Steg entlang und ließ sie am Ende ins Wasser plumpsen.

»Zack und weg«, murmelte er leise, »ich lass mich doch nicht bekloppt machen.«

Dann ging er zurück zu seinem Ford Taunus.

Michael schreckte aus seiner Trauer auf, als er die Badezimmertüre hörte. Er drehte sich zum Flur und sah Doris. Totes Feuer brannte in ihren Augen, Haut hing in Fetzen an ihr hinab und ein Gestank zwischen Verfaultem und Erbrochenem füllte die Wohnung. Doris war im Kontrast zu ihrem Äußeren überaus agil und beweglich. Sie stach schnell zu, Michael wich aus, griff die Stehlampe und schlug nach Doris. Die Glühbirne zerbarst, Funken sprühten, ein elektrischer Schlag schüttelte Doris. Michael ließ die Lampe fallen, Doris wand sich unter Schmerzen, packte die Lampe und warf sie Richtung Michael, dann stand sie wieder auf. Michael floh in den Flur, bog in die Küche ab und griff sich ein großes Messer. Doris folgte ihm und Michael stach neben ihren Hals über das Schlüsselbein tief in ihren Brustkorb. Doris stolperte zurück und Michael floh erneut in den Flur. Zu seinem Entsetzen kümmerte sich Doris nicht um ihre Verletzung sondern rannte Michael hinterher. Er riss die Badezimmertüre auf, um sich dort einzuschließen. Für einen Moment setzte sein Herzschlag aus. Im Badezimmer türmten sich sechs Leichen. Michael knallte die Türe hinter sich zu und verriegelte das Schloss. Auf der anderen Seite hämmerte Doris mit dem Schaft ihres Messers gegen die Türe.

»Schau nur, was ich dir mitgebracht habe! Schau sie dir an – zusammen kriegen wir dich! Und dann bekommst du deine Strafe!

All die Leichen werfe ich in den See – ich habe sie nur für dich umgebracht – nur für dich!«

Michael kletterte aus dem Badezimmerfenster und rannte die Straße hinab.

Der Morgen dämmerte bereits, als Michael erneut an Franks Haustüre klopfte. Die Türe stand allerdings offen. Michael schob die Türe ganz auf, die leere des Flures schien ihn anzugähnen. Langsam trat er ein. Als Michael auf Höhe der Schlafzimmertüre stand, sah er die Gestalt. Simone hatte immer noch ihr seidenes Nachthemd an. Allerdings war es tropf ass. Michael wusste Bescheid. Noch bevor sich Simone umdrehen konnte, huschte Michael in das Schlafzimmer. Aus dem Flur hörte er die krächzende Stimme von Simone:»Frank? Frank! Wo bist du?«

Michael sah sich im Schlafzimmer um. Die Rollladen waren hinabgelassen, sie hochzuziehen würde zu lange dauern. Vom Flur hörte er Simones nackte Füße auf den Kacheln. Sie kamen näher. Michael sprang zum Kleiderschrank, schob die Schiebetüre zur Seite und sprang zwischen die Kleidung. Hastig schob er die Türe zu, als Simone das Schlafzimmer betrat.

Frank spürte die Gestalt neben sich. Er war sich sicher, dass nun alles aus sei. Die Zigarettenglut knisterte auf und ein schwacher Schein fiel auf Franks Gesicht. Michael biss sich in den Handrücken, um seinen Schrei zu unterdrücken. Dann nahm Frank die Zigarette aus dem Mund und blies den Rauch zwischen Blazer und Hemden.

»Tach auch. Wieder da?«

»Frank! Was machst du denn hier?«

»Das könnt' ich dich fragen, ist schließlich mein Kleiderschrank ... Ich habe mich sicherheitshalber versteckt. Da ist unangenehmer Besuch gekommen und zugegebenermaßen habe ich ein wenig Schiss, wenn tote Leichen zu mir ins Haus kommen. Das verstehst du sicher.«

Michaels Sicht vernebelte sich und der Rauch biss in seine Augen.

»Musst du hier drin rauchen?«

»Jetzt hör mit der Gesundheitsscheiße auf. Deine Zombie-Mädels sind mindestens so tödlich wie Nikotin!« Michael öffnet die Kleiderschranktür einen spaltweit und blickte ins Zimmer. Simone drehte sich langsam um die eigene Achse. Dann öffnete sich erneut die Schlafzimmertüre und Doris kam ebenfalls hinein. Simone wirbelte herum und griff Doris mit den bloßen Händen an. Der Überraschungsmoment gehörte ihr und Doris ließ ihr Messer fallen. Doris war stärker, sie packte Simone und würgte sie, doch Simone gab nicht nach und wand sich aus dem Griff. Doris packte eine große Vase und zertrümmerte sie auf Simones Kopf, Splitter verteilten sich im ganzen Schlafzimmer, aber Simone erhob sich auch von dieser Attacke. Doris packte Simone, legte ihren Arm um ihren Hals und nahm sie in den Schwitzkasten. Mit der freien Hand angelte sie nach ihrem Messer, Simone zappelte wie ein Fisch an der Angel. Doris packte ihr Messer und stach es in Simones Hals. Mit einem kräftigen Ruck schnitt sie Simones Hals rundherum auf. Simone verdrehte die Augen, ihr Körper erschlaffte und Doris ließ die Leiche vor den Kleiderschrank fallen. Sie richtete ihr Kleid und verließ das Schlafzimmer.

Michael schob die Kleiderschranktür langsam auf.

»Gib mir mal einen Kleiderbügel«, bat er Frank.

Mit dem Kleiderbügel tippte er vorsichtig an die tote Simone. Nichts rührte sich. Dann trat Michael aus dem Kleiderschrank und nahm Simone genauer in Augenschein. Es gab keinen Zweifel. Sie war tot. Ganz tot.

»Kannst rauskommen, sie ist erledigt!«

Zaghaft kämpfte sich Frank zwischen der Wäsche hervor und versenkte ein weißes Hemd mit seiner Kippe.

Die beiden Männer setzten sich in die Küche. Frank holte zwei Flaschen Bier aus dem Kühlschrank und öffnete sie.

»Du hasst sie doch in den See geworfen?«

»Klar – zack und weg. Ich konnte doch nicht ahnen, das die alle wiederkommen!«

Michael holte tief Luft und nahm einen großen Schluck aus der Flasche.

»Ich kapier aber nicht, wieso Simone doch tot ist.«

»Ich aber«, sagte Michael. »Eigentlich kann man mit nichts eine Leiche aus dem See umbringen ...«

»Außer?«

» ... außer man ist selbst eine Seeleiche und hält noch die Waffe, mit der man starb, in den Händen.«

»Was für eine Waffe?«

»Doris hat Simone weder mit der Vase noch mit den Händen etwas anhaben können, aber mit ihrem Messer schaffte sie es, sie umzubringen. Warum gerade mit diesem Messer?«

»Ja, warum?«

»Doris hatte dieses Messer in der Hand, als ich sie tötete. Deswegen läuft sie uns ständig mit diesem Messer hinterher. Das Messer hatte sie in der Hand, und damit haben wir sie in den See geworfen.«

»Ja, sogar mit den Kartoffelschalen.« Frank grinst.

Michael verdrehte die Augen. Dann nickte er vielsagend und stand auf. Frank blickte seinen Freund fragen an. »Und was machen wir jetzt?«

»Ich habe einen Plan. Wenn ich mich auch mit einer Waffe in der Hand töten und in den See werfen lasse, habe ich die Macht, um Doris und all den Zombies das Handwerk zu legen.«

»Und wer soll dich ins Jenseits befördern?«

»Du. Wer sonst?«

»War klar, die Drecksarbeit bleibt an mir hängen.«

Frank nestelte mit den Fingern an seiner Hose herum.

»Und mit welcher Waffe möchte der Herr gerne in den See eintauchen? Soll ich dir vielleicht eine Nagelschere aus dem Haus holen?«

»Sehr witzig. Geht's eventuell ein bisschen größer?«

»Komm mit, das müssen wir erst genau durchsprechen!«

Die beiden betraten den Schuppen mit allerhand Werkzeug. Frank kramte hinter der Werkbank und holte eine schwere Axt hervor und reichte sie Michael.

»So ... dieses wuchtige Gerät empfehle ich Ihnen.«

»Äußersten Dank.«

Michael steckte den Schaft der Axt in seinen Hosenbund und zog seine Jacke darüber.

Dann standen sich Michael und Frank gegenüber. Michael blickte seinen Freund fest an. Frank wurde dezent nervös, seine Hände nestelten erneut an der Hosennaht.

»Also werde ich jetzt sogar zu deinem Mörder ... Kein Problem.«

»Gut.«

»Ich gehe jetzt auf den Speicher ... und dort stürze ich mich lieber aus dem Fenster.«

»Schlecht.«

»Quatsch. Ich hab' da noch so 'ne alte Jagdflinte. Damit geht's schnell und schmerzlos. Bin gleich wieder da.«

»Sehr gut.«

Frank nickte kurz und verließ den Schuppen. Sonnenstrahlen leuchteten mittlerweile durch das kleine Fenster und die Vögel hatten ihre Lieder angestimmt.

Mit einem lauten Knall brach das Tor zum Schuppen auf und Schröder stürmte herbei mit seiner Beretta im Anschlag. Aylina sprang hinterher und beide packten ihn. »Da haben wir dich ja endlich, los Schröder! Führ ihn ab!«

Schröder packte Michael, dreht ihm die Arme auf den Rücken und führte ihn aus dem Schuppen ins Freie. Aylina lief grinsend neben ihrer Beute. »Du weißt, was dir blüht. Heute Abend ist die große Zusammenkunft: das Fest der Großfürsten. Da können alle sehen, was wir mit Verrätern machen. Niemand kann uns verlassen!«

Michael kannte den Keller, in dem normalerweise die Rituale der Sekte stattfanden, doch man führte ihn in eine Kammer neben dem Altarraum. Schröder stieß ihn in eine große Kiste, legte den Deckel auf und vernagelte Michaels Gefängnis.

»Bis heute Abend wird er es wohl aushalten!«, hörte Michael. Doch so lange wollte er nicht warten – er öffnete seine Jacke ...

Aylina wartete bis Ruhe eingekehrt war. Schröder grinste unter seiner Sonnenbrille hervor. Dann hob Aylina ihre Hände und malte Kreise in die Luft, als sie zu sprechen begann.

»Heute ist ein ganz besonderer Tag für uns. Wir feiern nicht nur das Fest der Großfürsten, sondern auch ein Fest der Läuterung! Heute darf der einst abtrünnige Michael endlich Läuterung erfahren. Extra für euch haben wir ihn hierher gebracht. Ihr dürft dabei sein, wenn wir Michael den Großfürsten als besonderes Geschenk opfern und ihnen sein Blut weihen.«

Ein begeistertes Raunen ging durch die Gemeinde. Auf Aylinas Zeichen hin zerrte Schröder die Kiste in den Kellerraum. Mit feierlicher Miene setzte Aylina das Stemmeisen an den Deckel der Kiste, aber der Deckel gab viel zu schnell nach und rutschte zu Boden. Ihre schwarzumrandeten Augen blickten in die leere Kiste.

Gemurmel machte sich unter den Gemeindemitgliedern breit. Dann erschien Michael im Türrahmen. »Sucht ihr mich? Die Nägel waren rostig!«

Michael wartete gerne die Schrecksekunde ab. Seine Axt hatte er wieder im Hosenbund verstaut. Alle drehten sich zu Michael um. Dann rannte er aus dem Keller.

Aylina fand schnell ihr Fassung wider. »Los! Hinterher! Den kriegen wir noch!«, bellte sie. Da sich Schröder nicht bewegte, stieß sie ihn an und beide nahmen die Verfolgung auf.

Michael rannte an der Kapelle vorbei Richtung Wald. Hinter seinem Rücken hörte er Aylina keifen:»Schröder, du lahme Ente, rennen, schneller!«

Im Wald angekommen, schaute Michael immer wieder zurück und ließ die beiden aufholen. Er hatte großen Respekt vor Schröders Pistole – er musste es bis zum See schaffen, durfte sie aber auch nicht vollends abhängen. Er hörte Aylina auf Schröder einschreien:»los knall' ihn ab!«

Schröder feuert immer wieder Schüsse ab, und Michael hörte die Kugeln durch das Gehölz krachen.

Michael rannte zum See und sprang auf den Steg, er lief bis ganz zum Ende und stellte sich demonstrativ als Zielscheibe hin, seine Axt fest im Griff. Schröder wusste, dass Michael in der Falle saß. Er grinste, schob seine Sonnenbrille über die Stirn und hob seine Pistole. Er kniepte ein Auge zu und verzog dabei voll Konzentration das Gesicht. Dann drückte er ab, eine Fontäne Blut spritzte aus Michaels Brust, er zuckte, wand sich kurz im Schmerz und kippte rücklings in den See, der ihn verschlang.

Aylinas Augen glänzten. Bewundernd schaute sie zu Schröder. Er setzte ein joviales Lächeln auf und zog seine Sonnenbrille wieder über die Augen.

»Guter Schuss!«, sagte sie.

»Wir können doch heute Abend zusammen ...«, weiter kam Schröder nicht.

»Endlich hast du getroffen, du Blindfisch! Die Sache wäre erledigt, lass' uns gehen.«

Wieder schubst sie ihn vor sich her, als die beiden Richtung Waldweg gingen. Starr lag der See in der sommerlichen Luft, eine Libelle flog an ihnen vorbei.

Als Aylina und Schröder den Waldweg erreicht hatten, bewegte sich das Wasser im See erneut. Kreise bildeten sich, und Michael tauchte wieder auf. Er bückte sich, griff mit seiner Hand unter die Wasseroberfläche und zog die mit Wasserpflanzen umwobene Axt aus dem Wasser. Dann schwamm er zum Ufer und trat an Land.

Michael hatte die beiden schnell eingeholt. Stumm marschierten sie durch den Wald. Schröder lud seine Pistole nach – wahrscheinlich eine Übersprungshandlung, um die quälende Stille zu überbrücken.

Michael überholte sie durch das Unterholz und trat ihnen an der nächsten Biegung gegenüber.

Aylina blieb ruckartig stehen und Schröder rannte gegen sie, da er eine längere Schrecksekunde hatte. Aylina schmiss Schröder einen giftigen Blick zu und sprach:»Ich dachte, du hättest einmal etwas anständig gemacht – gib mir die Knarre!«

Sie riss ihm die Pistole aus den Fingern.

»Jetzt zeig ich dir, wie das geht, lernen durch fühlen!«

Schröders Augen weiteten sich. Dann schoss Aylina. Auf Schröder.

»Damit du jetzt weißt, was ich meine, du unnützer Parasit!«, schrie sie auf den Leichnam zu ihren Füßen.

Dann drehte sie sich zu Michael, hob die Waffe und feuerte das ganze Magazin auf Michael ab. Ohne jeden Erfolg. Aylina ließ die Hand mit der Waffe wieder sinken. Michael kam ihr gefährlich nahe.

Aylina setzte ein süßes Lächeln auf. Mit ihren geschminkten Augen sah sie aus wie ein Clown aus dem Kohlenkeller.»Nun, Michael, hab' dich doch nicht so. Ich kann dich ja verstehen. Sieh' mal, ich finde, wir beide gäben ein super Gespann ab.«

Michael zögert und zeigte Aufmerksamkeit.

»Du weißt, wie viel Einfluss ich habe. Du und ich ...«

Michael ließ sie nicht ausreden. Er hob die Axt und spaltete ihren Schädel.

Michaels Haare waren noch nass und Jaqueline lag an der gleichen Stelle wie zuvor. Michael hatte sich auf die Couch gesetzt und wartete, bis die Dunkelheit das Dorf einhüllte. Er konnte warten.

Nach Mitternacht öffnete sich die Türe. Doris trat herein und erstarrte. Doris fragte:»Ich dachte du bist tot?«

Michael nickte. »Bin ich ja auch!«

Dann erhob er sich, holte mit der Axt weit aus und brach Doris das Genick.

Michael hob Jaqueline vom Boden auf. Der Verwesungsprozess hatte eingesetzt, aber das war ihm egal. Er legte sich Jaqueline über die Schultern, verließ das Haus und marschierte im Schutze der Nacht zum Wald.

Als der Morgen zu dämmern begann saßen Michael und Jaqueline auf der Couch. Sie waren beide tot – aber glücklich!

»Wir müssen Doris noch wegschaffen...«, sagte Jaqueline, »vielleicht kann uns Frank helfen?«

Beide mussten lachen. »Bestimmt. Ich denke er hat gelernt!«, antwortete Michael.

Etwa einen Kilometer weit entfernt hatte Frank seinen Taunus am Waldrand geparkt. Er zerrte ein Leinenpaket aus dem Kofferraum und ließ es unsanft zu Boden gleiten. Dann griff er erneut in den Kofferraum und holte eine Schaufel heraus. Er fluchte laut: »Immer nur Ärger!«

In einer Waldlichtung begann er eine Grube auszuheben.

Aufbruch

1.

Hans zog die letzte Schraube an seinem Bike fest. Er ließ die Maschine starten, und als der Motor aufheulte lächelte er zufrieden. »Läuft«, dachte er, machte die Kiste wieder aus und ging über den Hof in das alte Bauernhaus.

Anton hockte noch wie heute Mittag auf der Couch, einige Pizzaschachteln von gestern und vorgestern und auch von letzter Woche türmten sich auf und neben dem Tisch. Anton trank den Rest aus seiner Bierdose und stellte sie auf den Tisch. Im Fernsehen lief irgendwas von einer Frau, die als Heimkind aufgewachsen war und jetzt ihre Mutter suchte und die sollte verurteilt werden, und die Kinder rannten herum und schrieen, während der Mann versuchte eine Einbauküche zu montieren und dabei sprach er von seinem Wunsch auszuwandern und mit 46 noch mal ganz von vorn anzufangen ...

Anton blickte nicht auf, als Hans eintrat. Er griff sich das Päckchen Tabak vom Tisch und nahm eine Priese heraus. Ohne Hans anzublicken sprach er: »Wenn Manni bis heute Abend nicht da ist, raste ich aus! Das tut er doch sonst nicht!«

Hans gute Laune war wieder verflogen. Manni war weg. Schon seit drei Tagen. Hans holte tief Luft. »Der kommt schon wieder. Bleib locker Alter!«

»Locker? Ich mach mir aber Sorgen! Wenn wir uns nicht um uns selbst kümmern, dann tut's keiner. Wo ist Manni?«

»Der hat sich ein paar heiße Bräute gepackt und ...«

»Quatsch. Heute ist Fete unten beim Peter, die verpasst der nie! Heiße Bräute, der Manni! Das glaubste doch selber nicht!«

Das stimmte, wen versuchte er zu beruhigen? Hans nickte bedächtig und versuchte einen weiteren natürlichen Grund für Mannis Verschwinden zu finden.

»Er war schon mal drei Tage nicht da, heute bei der Fete vom Peter treffen wir ihn bestimmt!«

Anton leckte über den Rand des Zigarettenpapiers. »Na, wer weiß. Ich hab ein total beschissenes Gefühl.«

Hans nickte bedächtig. »Ich fahr jetzt noch einmal bei Manni vorbei, und dann hol ich dich ab, dann fahren wir zum Peter!«

Drei Stunden später fuhren die beiden Brüder in die kleine Vorstadtsiedlung und stellten Hans Kiste an den Straßenrand. Hans zog seinen Helm vom Kopf und sagte zu seinem Bruder: »Jetzt setz mal ein freundliches Gesicht auf! Wir gehen rein und schauen uns nur ein bischen um, das wird bestimmt witzig.«

Antons Laune besserte sich auch auf Aufforderung nicht. »Und wenn ihm irgendjemand was angetan hat, dann hauen wir dem den Schädel ein! Das sollten wir sowieso tun ...«

Hans befürchtete Schlimmeres. »Anton, bitte, wir schauen uns die Fete mal an. Aber nur aus der Ferne. Kein Aufsehen, wir haben von den letzten Feten genug Probleme ...«

Endlich grinste Anton. »Die Woche war aber witzig, als die Bullen kamen ...«

»Anton, bitte! Kein Stress, nicht noch mehr Ärger.«

Anton war beleidigt und folgte seinem Bruder zu der Garage, aus der dumpf Musik pumpte.

In der Garage standen etwa 15 Leute. Eine grüne und eine rote Birne in einer Lampe versuchten verzweifelt Stimmung aufzubauen. Auf einem Tapeziertisch standen vier Schüsseln Salat, etwas Brot und unter dem Tisch zwei Kisten Bier. Als die beiden Brüder die Garage betraten, drehten sich die Leute zu den beiden um und so manches Gespräch erstarb. Hans setzte eine positive Mine auf und lächelte in die Runde. Dann näherte sich Peter den beiden.

»Ich denke nicht, dass ich euch eingeladen hab ...«

Hans fluchte in sich hinein, er wollte wenigsten ein paar Leute nach Manni fragen. Also versuchte er es mit dem Kessler eigenen Humor. »Brauchst dich nicht zu entschuldigen. Wir haben's auch so gefunden!«

Peters Blick blieb eisig. »Ich hab' mich wohl unklar ausgedrückt. Wir kommen ganz gut ohne euch Partykracher klar.«

Anton schob seinen Bruder zur Seite und übernahm die Gesprächsführung: »So, pass mal auf, du musst keine Angst haben, dass die Leute denken, wir sind lustiger als du. Wir sind nämlich auch schnell wieder weg. Ich will nur wissen, wo Manni ist!«

Anton ließ Peter links liegen und ging zu ein paar Gästen, drängelte sich in ihre Mitte und kam mit dem Gesicht seinem Gegenüber unangenehm nah.

»Eh, du da, sach mal, wo is' Manni?«

Der angesprochen verzog keine Mine. »Woher soll ich das wissen?«

»Jetzt sach schon! Ich mach keinen Spaß!«

»Was weiß ich, wo sich deine Sippe zum Flöhe fangen rumtreibt.«

Anton kniff die Augen zusammen. »Du kommst dir wohl sehr witzig vor! Wenn Manni sagt, er kommt heute hierhin, dann kommt Manni auch hierhin und wenn Manni dann nicht hier hinkommt, dann ist was faul!«

»Faul ist höchsten deine Sippe.«

Anton streckte seinen Zeigefinger aus und hielt ihn vor das Gesicht seines Gesprächspartners. »Und wenn du Pisser glaubst, du kannst mich hier verscheißern, dann kann ich auch ganz anders.«

»Deinen Bruder pack ich nicht mal mit Handschuhe an, also, was hab ich ...«

Anton packte seinen Gegenüber am Kragen und schüttelt ihn.

»Ich pack dir gleich ohne Handschuhe ganz woanders hin.«

Ein weiterer Gast schaltete sich in das Gespräch: »Mensch Anton, das tut mir wirklich leid! Schade, dass der Manni nicht kann, er fehlt mir wirklich! Ein Gesprächspartner, mit dem man sich intelligent unterhalten kann. Er kann nämlich fünf verschiedene Grunzlaute.«

Der geschüttelte Gast grinste.»... und sechs verschiedene Rülpser.«

Der dritte in dieser gestörten Runde mischte sich ein.»Hoffentlich hat er das Experiment nicht überstanden. Dann wären wir schon mal einen Kessler los.«

Anton ließ den Kragen los und schubste den dritten Gast, so dass dieser durch die halbe Einrichtung stolperte. Hans griff seinen Bruder an der Schulter, doch dieser schüttelte Hans von sich und schrie den stolpernden Gast an.

»Jetzt sag mir sofort, was das soll? Was für ein Experiment?«

Anton schubste sein Opfer erneut, der stolperte gegen den Tapeziertisch, der daraufhin mit seinen Beinen genauso wegknickte wie der Gast. Der Tisch stürzte in sich zusammen, eine Salatschüssel zerbrach auf dem Garagenboden, Gläser zerschellten, zwei Flaschen Bier ergossen sich über den Boden und ein Klecks Majonäse klatschte auf die grüne Jeans eines weiteren Gastes. Ohne zu bemerken, dass etwas mit der Salatbar nicht stimmte, sah er nur sein verschmutztes Beinkleid. Daraufhin herrschte er – völlig zu unrecht – seinen Nachbarn mit dem Pappteller Kartoffelsalat an:»Eh, pass doch auf! Die gute Hose!«

»Schrei mich nicht an!«

Der Gast mit Majonäse an der Hose schubste den Gast mit dem Kartoffelsalat unvermittelt. Dieser nicht zimperlich, schubste zurück. Der Mann mit der Majonäse torkelte gegen einen Weiteren, der sich ebenfalls gestört fühlte und ihn zurück boxte. In weniger als einer Minute glich die Garage einem spätrömischen Gladiatorenkampf.

Ganz zuunterst hatte Anton sein Opfer immer noch im Griff.»Jetzt sag, was du da gemeint hast, sonst verdräsch' ich dich!«

»Ich dachte, das tust du schon.«

»Ich mach keinen Spaß!«

»Ich weiß nichts ... nur vom ... vom ...«

»Vom WAS?«

»Vom Thomas ... dem Thomas sein ...«

Anton biss feste die Zähne zusammen und zischte:»Dem Thomas sein – WAS?«

Eine Hand zerrte an Anton. Anton musste ihr nachgehen und ließ von seinem Opfer ab. Hans schleifte Anton aus der Menge. Als sich Anton gegen seinen Bruder wehren wollte sagte Hans:»Anton! Bitte!! Wir hauen ab, jetzt ist alles kaputt.« Anton war immer noch außer sich und zerrte, um sich aus Hans Griff zu lösen.»Was meint der mit dem Thomas sein ... Thomas sein was?« Hans schob Anton vor sich her und aus der Garage hinaus.

2.

Sylvia kniete auf dem Fußboden und schrubbte den Fußboden. Sie hörte die Haustüre klappen, Matthias war heimgekommen. Früher – noch vor einem halben Jahr – hatte sie sich über sein Heimkommen gefreut. Matthias betrat die Küche. Ein finsterer Blick traf Sylvia.

»Hallo«, machte Sylvia schüchtern.

Matthias ging wortlos in sein Arbeitszimmer und weckte den PC aus dem Standby. Hinter ihm blickte ihn Sylvia ratlos an.

»Sag mal, kann ich gleich das Auto haben, ich muss noch zum Antalya putzen.«

»Bist du verrückt? Das gute Auto!«

»Ich dachte ...«

»War er wieder da?«

»Wer? Wer soll da gewesen sein?«

»Erzähl mir nichts. Er war bestimmt da. Aber das sehen wir gleich!«

»Wer denn?«

»Hör' auf. Der Typ, mit dem du es machst.«

Sylvia wusste, dass eine fruchtlose Diskussion anstand.

»Was soll der Quatsch? Wir haben doch darüber geredet, es gibt keinen, mit dem ich mich treffe.«

»Hör auf so schrecklich zu lügen. Gleich werde ich es dir zeigen und dann bin ich gespannt, wie du dich da rausredest.«

»Warum?«

»Ich habe einen Falle aufgebaut. Ich muss doch wissen was läuft, wenn ich weg bin. Hier hab ich eine Aufnahme. Eine Webcam mit Bewegungsmelder.«

Matthias zeigte auf den Bildschirm seines PC. Eine schlecht auflösende Aufnahme von einem Paar Herrenschuhe, die dicht an der Kamera vorbei gingen. Die Webcam war allem Anschein nach am Kellerfenster angebracht. Sylvia verdrehte genervt die Augen. Matthias deutet auf den Bildschirm. »Das war heute um 10:43 Uhr!«

»Ich fass es nicht. Glaubst du nicht, dass du übertreibst?«

Matthias stand auf und näherte sich Sylvia.

»Übertreiben? Wenn die eigene Frau morgens schnell ein Nümmerchen schiebt, weil der Alte nicht da ist? Und da redest du von übertreiben?«

Matthias griff sie hart am Arm.

»Aua! Bist du übergeschnappt! Falle aufgestellt! – ich fass' es nicht, lass mich los!«

»Jetzt sag mir die Wahrheit! Kommt da nicht jeden Morgen so ein Kerl?«

»Natürlich kommt jeden Morgen ...«

»Matthias packte fester zu und Sylvia verzog schmerzerfüllt das Gesicht.«

»Also, hast du was mit dem Kerl oder nicht?«

Wütend ließ er Sylvia wieder los und schubste sie von sich weg. Unvermittelt holte er mit der linken Faust aus und schlug unter ein Regalbrett und ließ vier Bücher, drei Kerzenhalter und ein Räuchermännchen zu Boden hüpfen. Silvia zuckte zusammen.

»Sag es doch endlich! Sag es!«

»Nein – ich will es doch sagen. Ich habe nichts ...«

»Du lügst! Du lügst! Du lügst!!«

Matthias sprang auf sie zu und rüttelte sie.

»Ich will dich nie wieder mit irgend jemandem sehen! Klar?«

»Ich habe nichts mit ihm. Es ist doch nur ...«

Auf dem Bildschirm lief immer noch die Videosequenz der Webcam. Das Paar Herrenschuhe kam wieder zurück und stiegen in seinen Wagen. Der Autoreifen bewegte sich und das Auto fuhr zunächst aus dem Bild, kam in einer Schleife wieder in das Gesichtsfeld der Kamera, dann entfernte sich das gelbe Postauto.

»Doch! Hast du! Was läuft denn sonst?«

»Er bringt doch bloß jeden Morgen die Post.«

»Jeden Morgen! Ich wusste es! Du Schlampe! Ich werde dir beibringen, wie du dich zu verhalten hast! Komm her, du Biest!«

Matthias packte eine Vase und schmiss sie hinter Sylvia her, die knapp neben ihr an der Wand zerschellte, Sylvia schrie auf und duckte sich, Matthias sprang ihr hinterher ...

3.

Verona hockte auf der abgewetzten Couch. Neben ihr hatte Holger eine Chipstüte aufgerissen und dabei einen kleinen Krümmel-Konfettiregen im Wohnzimmer erzeugt. Holger stopfte sich ohne den Blick vom Fernseher zu nehmen, eine Ladung Chips in den Mund. Einiges von der Ladung verlor sich noch vor Erreichen seines Mundes auf seinem Shirt. Zwei Mannschaften rannten auf dem Fußballfeld hin und her. Verona schaute auf die Uhr. Sie erhob sich von der Couch. »Soll ich dir was vom Türken mitbringen? Oder sollen wir noch was kochen? Aber das dauert zu lange ...«

Holger legte die Chips zurück auf den Tisch und nahm einen gehörigen Schluck aus der Bierflasche.

Verona versuchte erneut auf sich aufmerksam zu machen: »Hörst du mir zu?«

Holger antwortete mit einem Rülpser.

»Ekelhaft! So langsam reicht es mir!«

Holger erwachte aus seiner Starre, schaute auf und sprach: »Was?«

Verona packte sein Bier und warf die Flasche in die Ecke. Holgers Blick weitete sich.

»Du bist wirklich das Plumpeste und Widerlichste, was je als Mann auf zwei Beinen laufen konnte!«

»Jetzt reg dich doch nicht so auf.«

»Ich will mich aber aufregen! Du fette Drohne!« Verona packte Holger an seinem schmuddeligen T-Shirt und zerrte ihn von der Couch.

»Ich habe es so satt mit dir! Hau endlich ab!«

»Ja, aber mein Bier ...«

»Hau ab! Lass mich mit deinem Bier zu Frieden!«

»Aber das Spiel ist doch noch nicht zu Ende ...«

Verona verdrehte Holgers Arm auf den Rücken und schubste ihn zur Türe. Verona öffnete die Türe und beförderte Holger nach draußen, dann schmiss Verona die Türe wieder ins Schloss. Holger stand auf der Straße und blickte sich ratlos um. Dann drehte er sich zur Haustüre und schrie: »Ey! Das ist meine Wohnung!«

4.

Karl setzte sein Kölschglas an und leerte es bis zur Hälfte. Dann stellte er es zurück auf den Tresen. Er und seine beiden Kumpels hatten den Fernseher fest im Blick. Weiter hinten ging es zu den Toiletten, dort hatte Sylvia vor 10 Minuten ihren Dienst begonnen und schrubbte den Boden. Karl schaute immer wieder zu Sylvia und genoss die Aussicht auf ihren Po, wenn sie sich wieder bückte. Sylvias blauer Fleck an ihrem Oberarm war ihm nicht entgangen.

Verona schob die Türe auf und stellte sich an die Theke. »Einen Döner, mit Schafskäse.«

Karl wand nun seinen Blick von Sylvia ab und ließ seine Augen an Verona einmal hinab und wieder hinauf gleiten. Sein Kumpel zur rechten bemerkte seinen Blick und grinste.

»Guck da nicht so hin!«, sagte Karls Kumpel viel zu laut. »Das gehört sich nicht!«

Verona biss ihre Zähne aufeinander. Während der Dönermann an dem Fleisch säbelte, entschied sie sich, auf das WC zu verschwinden, allein um aus dem Dunstkreis der Assis zu entkommen.

»Jetzt hast du sie verscheucht«, sagte Karl mit ironischer Trauer in der Stimme. Die beiden anderen kicherten und gafften Verona hinterher.

Als Verona wieder vom WC zurückkam, rutschte sie auf einer Pfütze aus und schlidderte. Die drei von der Theke lachten. Sylvia versuchte mit einem viel zu späten »Vorsicht!« eine Warnung.

»Was soll diese Überschwemmung hier?«, pampte Verona.

»T'schuldigung ...«

»Ja, ja, selber T'schuldigung!«

Karl leerte mit einem zweiten Zug sein Kölsch. »Da hätte sich die Kleine fast auf ihren süßen Po gelegt!« Seine Kumpels lachten auf.

Verona schaute den drei Assis in die Augen und ging auf sie zu. Sylvia beobachtete das Schauspiel an der Theke. Verona näherte sich mit festem Schritt der Theke und stellte sich neben den Assi. Der Dönermann reichte ihr den Döner. »Macht drei-fuffzig.«

Als Verona über die Theke griff, haute Karl Verona auf den Po.

Verona drehte sich kalt lächelnd zu ihm um, schaute ihn kurz an und stieß ein volles Weizenbierglas von seinem Nachbarn um, welches sich schäumend über seine Hose entleerte. Karl schrie, die anderen lachten auf.

Sylvia starrte immer noch gebannt zur Theke.

Karl mit seiner nassen Hose schaute Verona entgeistert an. Dann holt er mit der Hand aus und wollte ihr ins Gesicht schlagen. Verona duckte sich und der Schlag traf Karls Kumpel, der prompt mit dem Lachen aufhörte.

»Dieses Biest!«

Karl griff nach Verona, doch sie sprang sofort zurück.

»Komm hierher!«, rief Sylvia.

Verona rannte zu Sylvia, die drei Männer hinter ihr her. Sylvia trat gegen ihren Putzeimer und das Wasser entleerte sich im Schwall über den Boden. Karl, der Verona am nächsten war, rutschte aus und schlug der Länge nach hin. Die beiden Frauen verschwanden Richtung WC. Der Kumpel vom Karl riss die WC-Türe auf, Sylvia schnellte mit ihrem Schrubber hervor und schlug gegen seine Stirn. Der Mann torkelte zurück und stieß mit dem dritten in seinem Bunde zusammen.

Verona und Sylvia rannten aus dem Hinterausgang, sprangen über einen Turm leerer Majonäseeimer und bogen auf die Straße ab.

»Wo steht dein Wagen?«, fragte Verona.

»Wagen?«

Verona schaut entgeistert. »Du hast keinen? Dann nehmen wir ...« Verona schaute sich fachmännisch um. Hinter ihnen holten die drei Assis auf.

»Was ist jetzt? Die kommen!«

Veronas Blick hellt sich auf. »Wir nehmen ... meinen, also ... den da.«

Verona huschte zu einem Fahrzeug und fingerte an der Türe. Sylvia trat unruhig von einem Bein auf das andere. »Los, mach doch schon!«

Schließlich gab die Türe nach und die beiden Frauen sprangen in den Wagen.

Kurz bevor Karl und seine Freunde den Wagen erreicht hatten, startete Verona und sie fuhr davon. Die drei ranntem dem Fahrzeug ein stückweit hinterher. Karl schrie: »Das ist mein Wagen!«

Sylvia und Verona rasten durch die Nacht.

»Solche Mistkerle!«, sagte Sylvia.

»Das war aber eine verdammt heikle Aktion.«

»Den Wagen zu erreichen?«

»Dein Schrubber.«

»Ich wollte nur dieses Ekelpaket ...«

»Sehr nett. Jetzt haben wir die Meute an der Backe.«

»Wieso, wir haben doch sicher dein Auto...«

»Das ist nicht mein Wagen.«

»Was? Bist du übergeschnappt?«

»Mir ist sowieso alles egal.« Verona klammerte sich an das Lenkrad und starrte in die Nacht.

»Du willst dich umbringen?«

»Nein. Ich hab ein Megading vor. Ich brauch noch den Richtigen, der alles mit mir durchzieht und dann bin ich hier weg!«

»Klasse! Was ist das für eine Aktion? Ich könnte auch ein Tapetenwechsel...«

Verona schüttelte den Kopf. »Nein, Schätzchen, vergiss es. Ich brauch einen, auf den ich mich verlassen kann. Es gibt dann kein Zurück mehr und wenn ich versage, dann ist es ganz aus, der Traum von Reichtum und Freiheit!«

»Freiheit! Mensch sag schon!«

»Nein. Wo kann ich dich raussetzen?«

»Jetzt sag, was du vorhast! Ich mach mit, egal wie gefährlich. Mein Leben ist beschissen genug, es kann nicht schlimmer kommen!«

»Vergiss es!«

»Du hast doch gesehen, was in mir steckt, also ...«

»Jetzt geh mir nicht auf den Keks. Die Sache ist nur eine Spinnerei, und ich weiß selbst nicht ...«

»Ich glaub' dir kein Wort. Wir sollten uns mal zusammensetzten und die ganze Sache ...«

»So einfach geht das nicht, und außerdem ist am Samstag die letzte Möglichkeit.«

»Da vorne wohne ich«, sagte Sylvia und zeigte in die Nacht.

Verona fuhr rechts ran. Sylvia öffnete die Türe und stieg aus dem Wagen. Dann drehte sie sich zu Verona um.

»Überleg es dir, so einen Partner wie mich, findest du nirgends, und bestimmt nicht bis Samstag! Also, bis bald!«

»Ja, ja. Tschö!«, sagte Verona. Sylvia schlug die Türe zu und Verona rauschte davon.

5.

Hans schob zwei Pizzakartons beiseite und setzte sich auf die Couch. Anton bahnte sich mit seiner abgebrannten Zigarettenkippe einen Weg durch einen Haufen Kippen und versuchte den Boden des Aschenbechers zu erreichen. Hans schaute auf das meditative Ausdrücken und die Kreise, die sein Bruder mit der Kippe im Aschenbecher drehte. Als Anton von dem Stummel ließ, schaute er zu seinem Bruder. »Die Fete war voll scheiße! Wir hätten die Pisser mal volle Kanne eins …« Zur Bekräftigung seiner Worte boxt Anton mit einem Schatten.

Hans lehnte sich zurück, zuckte, kam wieder nach vorn und angelte eine leere Bierdose aus seinem Rücken. »Mal langsam. VOM THOMAS oder auch DEM THOMAS SEIN … hat der Penner gesagt. Was hat das mit Manni zu tun?«

»Die stecken alle unter einer Decke. Wir fahren zu diesem Thomas und hauen den zusammen.«

»Ich will wissen, wo mein Bruder ist. Vorher machen wir keinen fertig.«

Antons Augen blitzten unternehmungslustig auf. »Also fahren wir jetzt zu diesem Thomas!?«

»Ist jetzt zu spät. Wir krallen ihn uns morgen Früh. Beim Einkaufen!«

»Und dann verdresch' ich den, dass der nicht mehr …«

Hans holte tief Luft. »Anton, bitte! Wir wollen nur wissen, was der Penner …«

»Aber dann werd' ich den verdreschen!«

»Ich will aber nicht, dass wir ständig …«

Anton verschränkte beide Arme vor der Brust. »Mein braver Bruder Hans! Thomas foltert Manni, und ich soll zugucken? Der will die ganze Familie ausräuchern! Wir müssen uns wehren! Das hast du selbst gesagt, wenn wir nicht …«

»Wir dürfen nicht immer alles kaputt machen! Wir haben einen mords Stress an der Backe, weil du immer austickst und alles ...«

»Ich ticke nicht aus, ich habe nur freundlich nachgefragt und den Penner ein wenig gerüttelt, was kann ich denn dafür, dass der Tisch so fimschich ist, das Scheißteil ist aber auch sofort zusammengebrochen und ...«

»Jetzt hör' auf! Wir machen ab jetzt keinen Stress mehr! Und wir verprügeln keinen und wir machen auch nichts kaputt und wir ...«

»Ich mache nichts kaputt! Verstanden! Und ich verdresch' auch keinen. Keinen, der es nicht verdient hätte ...«

6.

Matthias saß hochkonzentriert an seinem PC. Sylvia räumte etwas im Hintergrund.

»Matthias?«, versuchte Sylvia eine Kontaktaufnahme, allerdings erfolglos. »Matthias?!«, unternahm sie einen zweiten Versuch.

Ohne vom Bildschirm aufzublicken antwortete er: »Stör mich nicht. Ich will das so einstellen, dass ich die Nachbarn besser im Blick habe.«

»Ich geh schlafen«, sagte Sylvia und wand sich ab.

Sylvia schwang ihre Beine ins Bett und deckte sich zu. Von nebenan hörte sie Matthias, wie er leise in sich hinein fluchte. Als Sylvia die Augen schloss, hörte sie ein Knacken am Fenster. Sie schaute kurz auf, erkannte durch den Vorhang aber nichts Außergewöhnliches und schloss erneut ihre Augen. Ein weiteres, lauteres Knirschen folgte. Sylvia blickte erneut auf, doch auch diesmal ließ sich im Dunkeln nichts ausmachen. Als Sylvia erneut ihren Kopf ablegte, sprang das Fenster auf und eine Gestalt, ganz in Schwarz, huschte herein. Sylvia fuhr aus den Federn empor. Die schwarze Gestalt sprang herbei und gebot, keinen Laut zu machen, erst dann entspannte sich Sylvia. »Du??«

Verona nickte und setzte sich auf eine Stuhl. »Ich hab noch mal nachgedacht. Eigentlich gefiel mir deine Aktion heute Abend ganz gut.«

»Du willst mich also doch mitnehmen, wenn du abhaust.«

»Ja. Aber wir müssen vorher etwas erledigen.«

»Die Aktion, von der du sprachst?«

»Quasi ... «, Verona nickte bedeutungsvoll mit dem Kopf.

»Was geht denn?«

»Wir werden eine Tankstelle überfallen.«

»Was?«

»Wir brauchen pro Kopf 20 000 Euro. Das reicht nämlich.«

»Bist Du übergeschnappt? Davon willst du in Saus und Braus leben? Damit kommt man höchstens ...«

»... und mit dem Geld fliegen wir nach Hanoi!«

»Nach Vietnam? Ist da nicht Krieg?«

»Quatsch! Da ist das Leben billig! Kein großer Luxus, aber du bist frei! Das zählt!«

»Das stimmt. Aber wenn wir beiden Laien Tanken überfallen, kriegen uns die Bullen. Und wenn nicht, dann spätestens der Zoll am Flughafen.«

»Ich hab an alles gedacht. Mein Ex- und jetzt guter Freund Dirk arbeitet da. Der erwartet uns und alles ist easy. Der hat aber am Samstag seinen letzten Dienst, dann wird er versetzt. Also, morgen um fünf treffen, dann eine Tanke überfallen und übermorgen ab zum Flughafen, oder aus dem Plan wird nichts!«

»Morgen schon? Du bist übergeschnappt! Tanken überfallen, beim Zoll durchschmuggeln ... Also nichts gegen deine Freunde, aber die Sache geht wirklich sicher in die Hose!«

»Nein, alles ist geplant. Ich denke schon seit zwei Jahren drüber nach. Morgen ist unserer letzte Chance. Ohne Dirk am Flughafen, werden wir nie das Land sicher verlassen könne. Also was ist? Bereit?«

»Nein. Das schaffen wir nie!«

»Doch. Komm morgen um fünf zum Bahnhof. Von da geht's los! Wir nehmen meinen Wagen!«

Verona kniepte Sylvia zu.

»Du bist bescheuert!«

Verona stieg auf den Fensterbrett und schwang sich nach draußen. Die Schlafzimmertüre öffnete sich und Matthias kam herein. »Mit wem redest du?«

Sylvia erschrak und wand sich vom Fenster ab.

»Ich? Mit niemanden, ich habe dich nur gefragt, wann du kommst.«

»Du lügst …«

7.

Thomas fuhr mit seinem beladenen Einkaufswagen von einem Parkplatz eines Supermarktes. Er schaute sich flüchtig um und schob den Wagen die Straße entlang. Aus einer Seitenstraße tauchten unvermittelt Hans und Anton vor ihm auf. Thomas fluchte leise in sich hinein und setzte sich ein gewollt ironisches Lächeln aufs Gesicht.

Hans baute sich vor Thoma auf. »Da ist ja unser Hausmann. Na Großeinkauf?«

Anton schüttelte den Kopf. »Den Einkaufswagen bringen wir aber gleich wieder zurück.«

Hans unterstützte: »So was gehört sich nämlich nicht.«

Thomas blicke beiden abwechselnd ins Gesicht. »Jungs, wollt ihr mir beim Haushalt helfen?«

»Gerne«, antwortete Hans, »und du hilfst uns. Wir vermissen nämlich ganz schlimm unseren Bruder Manni. Und wir sind uns sicher, dass du da ein paar sachdienliche Tipps für uns hast.«

»Das tut mir leid, da seid ihr ganz falsch informiert.«

Anton kniff die Augen zusammen. »Ich glaube, unser Hauswirtschaftsgenie versucht uns ein wenig zu verschaukeln. War das hier im Wagen eigentlich teuer?«

Hans hatte ein ungutes Gefühl, was sein Bruder nun anstellen könnte. »Anton! Bitte!«

»Anton bitte! Bitte Anton!«, fluchte Anton. »Ich kann es nicht mehr hören! Ich bin nicht mehr dein kleiner Bruder. Und dieses Arschloch steht hier ganz cool und will unsere Familie tyrannisieren und du ...« Thomas griff wieder an seinen Einkaufswagen. »Also, bis ihr das geklärt habt, geh ich schon mal. Die Sachen müssen in den Kühlschrank.«

Hans und Anton drehten sich gleichzeitig zu Thomas. »Halt!«

Hans versuchte es erneut diplomatisch: »Wir wollen doch alle keinen Stress. Wir suchen unseren so geliebten Bruder Manni und ein netter Informant hat uns glaubhaft versichert, es hätte was mit dir zu tun.«

»Mit mir? Vielleicht war euer Informant auch etwas minder ... na du weißt schon.« Thomas drehte mit seinem Zeigefinger Kreise vor seiner Stirn. Anton packte Thomas am Kragen, Thomas blieb ungerührt.

»Bitte! Anton!«

Anton warf Hans einen bösen Blick zu. Hans nickte ihm noch mal aufmunternd zu, dann ließ Anton Thomas los.

»Also, der Manni«, nahm Hans das Gespräch wieder auf, »oder besser dem Manni sein Verschwinden hat wahrscheinlich was mit deinem ... na du weißt schon zu tun ... und da wollten wir dich höflich fragen ... Dein ... also der ...«

Thomas versuchte dem Gestammel zu folgen. »... der Harald?«

Hans und Anton riefen gleichzeitige in neuer Erkenntnis: »Harald!«

Hans strahlte über das Gesicht: »Das war gemeint! – dem Thomas sein FREUND! Das sollte es heißen!«

Anton nickte. »Stimmt! Harald! Der Bekloppte! Der wahnsinnige Harald mit seinen Experimenten!«

Thomas biss sich vor Wut auf die Lippe, öffnete dann aber wieder seinen Mund. »Nein, mal ehrlich Jungs. Was soll Harald damit zu tun haben?«

»Hoffentlich hat er das Experiment nicht überlebt hat der eine gesagt – wer macht sowas? Harald!«

Thomas bemühte sich um Schadenbegrenzung:»Harald tut keinem was zu Leide! Ihr lasst ihn bitte in Ruhe!«

»Natürlich«, gelobte Anton»Wenn er nichts damit zu tun hat. Sonst kommen wir auch wieder zu dir!«

»Ihr seid so widerlich!«, zischte Thomas.»Ihr könnt nichts, außer andere zu zerstören! Lasst meinen Freund Harald in Frieden, sucht euch andere Gegner, die euch ...«

Anton grinste böse.»Vielleicht dich?«

Anton trat gegen den Einkaufswagen, der darauf umkippte und alle Sachen über die Straße spuckte. Thomas schaute gefasst zu.

Hans versuchte eine weitere Beschwichtigung:»Anton! Bitte, wir wollten doch kein ...«

»Doch! Bei solchen Wichsern! Diese ekelhaften Schweine! Die – wollen – uns – alle – ka – putt – ma – chen!«

Anton zertrat bei jeder Silbe ein Paket Käse, Butter, Jogurt und was sonst aus dem Wagen gefallen war; die einzelnen Utensilien spritzen unter seinen Stiefeln über den Asphalt. Hans packte seinen Bruder am Arm und Thomas blieb nichts anderes übrig, als in buddhistischer Ruhe der Szenerie beizuwohnen.

8.

Sylvia lief durch das Schlafzimmer. Von draußen fluchte Matthias undeutlich und kam die Treppe empor. Sylvia warf eine Tasche auf ihre Bett, öffnete sie und räumte einige Malutensilien aus ihr heraus und verstaute Pinsel und Tuben im Schrank. Auf dem Flur näherte sich Matthias.

»... dass ich mich immer um alles kümmern muss! Jetzt räume ich schon zum zweiten Mal den Keller auf!«

Sylvia griff in ihre Kommode und räumte ein Seil, Taschenlampe und Klebeband heraus und verstaute es in der Tasche.

»Aufräumen ist nun wirklich deine Aufgabe!«, schallte es ins Schlafzimmer.

Sylvia schloss ihre Tasche und gleichzeitig öffnete sich die Zimmertüre. Matthias trat ein.

»Was machst du hier?«, herrschte Matthias sie an. »Ich rackere die ganze Zeit da unten und du hast es nicht nötig mir zu helfen?«

»Bin ich denn dein Kindermädchen? Lass mich doch einmal zufrieden! Ich muss jetzt gehen!«

Entnervt drückte sie Matthias sachte zur Seite, was er sich nur ungern gefallen ließ.

»Wohin gehst du?«

»Ich treffe mich mit Verona. Ehrenwort!«

Sylvia nahm ihre Tasche und ging zur Türe.

»Und was schleppst du da alles für ein Zeug mit?«

»Das sind doch meine Malutensilien. Weißt du doch!«

Sylvia griff die Klinke, drehte sich noch mal zu ihm um und fragte: »Kann ich den Wagen haben?«

»Bist du verrückt? Das gute Auto!«

Sylvia wand sich wieder ab und ging zur Haustüre.

»Komm aber nicht so spät heim! Ich hasse es, wenn du wegfährst!«

»Du wirst es überleben!«, sagte Sylvia und ließ die Haustüre ins Schloss fallen.

9.

Sylvia stand mit ihrer Tasche am Bahnhof und las sich die Reisangebote durch. Dann erschien endlich Veronas Wagen, fuhr vor und hielt auf einen Taxiparkplatz vor dem Bahnhof. Während zwei Taxifahrer mit ihren Flüchen begannen, stieg Sylvia zu Verona in den Wagen.

»Du bist gekommen! Wusste ich es doch!«

»Ich hab' totalen Schiss. Meinst du wir schaffen das?«

»Wenn wir einen kühlen Kopf behalten klappt das auch!«

»Mein Leben ist beschissen genug. Ich freu' mich, ein neues zu beginnen! Kann ja nicht so schwer sein.«

»Erwarte nichts von Hanoi.«

Verona warf ihr einen zweifelnden Blick zu.

»Ist mir alles klar. Ich will keinen Luxus, ich will nur frei sein und mein eigenes Leben führen!«

»Kann ich dir sagen! Ich halte das auch nicht mehr aus. Weißt du, wie hoch mein Schuldenberg ist?«

»Ich glaube, ich will es gar nicht wissen!«

»Jetzt kann ich noch nicht mal mehr in die Wohnung von meinem Freund. Er hat die Schlösser ausgetauscht.«

»Nein! So ein Schwein!«

»Na gut. Ich hab ihn gestern aus seiner eigenen Wohnung geworfen. Das hat er mir wohl übelgenommen.«

Sylvia und Verona amüsierten sich.

»Also, ziehen wir es durch. Schlimmer kann es nicht mehr werden!«, sagte Sylvia.

»Und dann ab in die Freiheit! Ich habe gestern noch mal mit Dirk telefoniert. Das klappt auf jeden Fall!«

»Super, dann kann nichts mehr dazwischen kommen!«

»Das stimmt. Also, zu allem bereit?«

»Zu allem!«

»Dann lass uns alles durchsprechen ...«

Veronas Wagen verließ die Stadt und schlängelte sich auf der Landstraße zwischen den Dörfern.

»... Und aus sicherer Quelle weiß ich, dass in der Tanke der Geldtransporter nur einmal die Woche kommt. Da sind jetzt also ungefähr 50-Tausend Kröten drin. Und die Landeier haben keine nennenswerten Sicherheitsvorkehrungen!«

Veronas Wagen bog in die Tanke ab und hielt direkt vor dem Eingang. Dann sprangen beide Frauen mit ihren Taschen aus dem Wagen.

Sie stürmen mit vorangehaltenen Waffen in das Ladenlokal. Sylvia stellte sich in den hinteren Bereich und zielte auf die vier im Verkaufsraum anwesenden Personen. Verona stürmte nach vorne zur Kasse. »Los, her mit dem Geld! – und mit allen Geldpatronen unterm Tresen!«

Verona schmiss dem Kassierer eine Tasche über die Tresen und rannte hektisch davor von rechts nach links. Sylvia bedrohte jeden im Laden abwechselnd mit der Pistole.

»Los! Beil dich!«, herrschte Verona den Mann an der Kasse an, der sie wie versteinert anblickte. Dann nahm er endlich die Tasche.

Sylvia huschte zwischen den Regalen, um jeden im Blick zu halten. Jemand versuchte sich hinter den Süßigkeiten zu verstecken.

»Raus da! Lass den Quatsch!«

Sylvia trat das Regal um, Gummibärchen und Lakritz gingen zu Boden. Der Typ zuckte, hob die Hände hoch und bewegte sich in gebeugter Haltung langsam hervor.

Der Kassierer räumt mit paralysiertem Blick einzelne Geldscheine in die Tasche.

Sylvia schaut nach draußen. Ein Wagen fuhr vor und sein Fahrer steigt aus.

»Los, Thelma! Da kommt der nächste!«

Der Kassierer räumte mit Schweißperlen auf der Stirn gemächlich Geldscheine in die Tasche. Er schaute nach jedem Handgriff mit Panik in den Augen zu Verona.

Verona rollte mit den Augen. »Luise! Der Typ hier macht nicht voran!«

Sylvia schaute nach draußen. Der Mann an der Zapfsäule schaute konzentriert auf die rollenden Zahlen der Anzeige.

»Los, der ist bald fertig!«, rief Sylvia.

Verona sprang auf den Tresen, stiess den Kassiere zur Seite und griff in die Kasse. Mit vollen Händen holte sie das Geld heraus und stopfte es in die Tasche. Dann griff sie unter den Tresen und holte die gesammelten Geldbomben hervor.

Der Mann draußen hängte den Benzinzapfhahn sorgfältig in die Säule zurück.

»Raus hier! Er kommt!«, rief Sylvia.

Verona stopfte die letzte Geldpatrone in ihr Tasche und zog den Reißverschluss zu, der widerspenstig ein wenig hakte.

Der Mann draußen schloss den Tankdeckel und machte sich auf den Weg zum Eingang der Tanke.

Sylvia sprang zu Verona und zerrte an ihr. »Los jetzt!«

Verona sprang über den Tresen und beide rannten zur Tür; dort stießen sie mit dem Mann zusammen.

»Oh, Entschuldigung die Damen«, sagte er höflich.

»Macht nichts. Auf Wiedersehen!«, entgegnete Sylvia ebenso höflich.

Die beiden Frauen sprangen in ihren Wagen, der Mann schaute ihnen hinterher und schüttelte seinen Kopf. Erst dann blickte er in den Verkaufsraum. »Guten Tag, die Nummer fünf.«

Als er sich umschaute, sah er die Leute mit erhobenen Händen. Sie ließen nun ihre Hände wieder sinken und schauten ihn mit ernüchterten Blicken an. Das Hemd des Kassierers war verrutscht. Einige Feuerzeuge waren auf dem Tresen verrutscht und ein Werbeaufsteller zu Boden gefallen, Süßigkeiten lagen verstreut auf dem Boden.

»Was ist denn hier los?«

Draußen ließ Verona den Motor aufheulen, mit quietschenden Reifen fuhren sie davon, die Leute blickten ihnen nach.

Sylvia konnte nicht mehr länger warten und zählte das Geld.

»Und? Hat es sich gelohnt?«, fragte Verona.

»Kann man so sagen!«

Verona hielt in der Nähe von Sylvias Wohnung. Sie nahm Sylvia das Bündel Geld aus der Hand.

»Pass auf«, sagte Verona, »ich teile den Batzen jetzt. Dann ist jeder für seinen Anteil verantwortlich.«

Sylvia warf das Seil und die Taschenlampe aus ihrer Tasche auf die Rückbank und packte die Geldbündel in die Tasche.

»Steig jetzt hier aus – und morgen, Samstag, um 5:30h am Flughafen! Sei pünktlich!«

»Geht klar! Lass dich nicht mit dem Geld erwischen! Es ist unsere Zukunft!«

»Und sieh zu, dass dein verrückter Freund dir das Geld nicht abnimmt!«

»Ach, dieser Idiot! Ich bin froh, dass ich den nur noch bis morgen aushalten muss!«

»O.K. Süße! Halte durch! Bis morgen!«

»Bis morgen!«, sagte Sylvia, dann beugte sie sich zu Verona und drückte ihr einen Kuss auf die Wange. Dann stieg sie aus und Verona fuhr davon.

10.

Hans und Anton hockten in der Installation aus Pizzakartons und Bierdosen. Als Anton versuchte, mit dem Zigarettenrauch Ringe zu blasen, sagte Hans: »Wir sollten diesen Harald erst mal beobachten, ob er sich irgendwie auffällig benimmt und dann ...«

»Quatsch! Rein in die Bude, ordentlich eins auf die Fresse!«

»Wir wollen doch Manni finden! Und das erreichen wir nicht, wenn wir Harald verhauen!«

»Ja, ja. Ist schon gut. Ich hab verstanden.«

»Jetzt zick' mal nicht rum! Wir gehen zu diesem Harald und wenn wir was rauskriegen und der hat Dreck am Stecken, dann können wir immer noch grob werden.«

»Jaa! Also, los. Rücken wir dem die Bude grade!«

»Anton, bitte! Erst mal langsam. Ich hab einen Plan. Wir warten, bis es heute Abend dunkel wird ...«

»Meinst du? Jetzt wär' ich richtig in Fahrt.«

»... und bis dahin hauen wir uns ein paar Büchsen Bier in die Birne!«

»O. K., das nenne ich einen ausgereiften Plan!«

Hans öffnet die zwei Dosen und gab eine seinem Bruder, dann stießen sie an.

11.

Sylvia warf die Tasche auf ihr Bett. Sie hörte aus dem Flur ein Geräusch und erschrak. Im Türrahmen stand Matthias mit grimmiger Miene.

»Mensch, hast du mich erschreckt!«, begrüßte sie Mathias.

»So, so. Erschreckt.«

Sylvia schaute ihn fragend an.

»Was glaubst du, wie ich mich erschrocken habe.«

Sylvia blickte verunsichert.

»Was meinst du?«

Matthias kam strammen Schrittes auf sie zu, Sylvia zuckte leicht zusammen. Matthias ging zu ihrem Schrank, riss die Tür auf und holte ein paar Farbtuben heraus. Mit ausgestrecktem Arm hielt er die Tuben vor ihr Gesicht.

»Und was ist das?«, fragte er. »Glaubst du, ich lass mich so verscheißern?«

»Nein, nein. Ich habe nur …«

»Ja? Was denn?«

»Ich will es dir erklären …«

»Da bin ich aber mal gespannt!«

»Ich habe nur ein paar Farben aussortiert …«

»Für wie bescheuert hältst du mich?«

Matthias trat gegen die halb offene Schranktüre, so dass die Türe krachen aufsprang. Sylvia zuckte zusammen, Matthias griff erneut in den Schrank und holte weitere Tuben heraus und warf sie nacheinander auf den Boden.

»Und was ist das? Und das? Nur ein paar Tuben? das sind doch alle! ALLE!!«

Dann holte er Pinsel zu Tage, die er auch auf den Boden schleudert.

»Und das hier – und das hier?«, schrie er bei jedem einzelnen Teil.

»Hör doch auf!«

»Nein! Du bist mir lange genug auf der Nase herumgetanzt! Jetzt ist Schluss damit!«

Matthias packte sie am Arm und schüttelt sie.

»Wo warst du? Sag es mir! Triffst du dich mit einem Kerl? Wer ist es? Sag es mir!«

Sylvia versuchte sich mit schmerzverzerrtem Gesicht zu befreien, was ihr nicht gelang.

»Ich habe mich mit Verona getroffen! Wirklich! Lass mich los!«

Matthias stieß sie von sich, Sylvia torkelte leicht und reibt sich den Arm. Sie schaute Matthias mit hasserfüllten Blick an. Matthias schaute zu der Tasche.

»Was ist in der Tasche? Pariser? Deine Reizwäsche?«

Sylvia wurde es heiß und kalt.

»Lass das doch!«

Matthias griff zur Tasche, öffnete den Reißverschluss und schaute hinein. Matthias war zwei Sekunden lang wie versteinert. Dann schaute er mit dumpfen, starren Blick zu Sylvia.

»Wie gut, dass ich immer deine Sachen kontrolliere.«

Panik stand in Sylvias Gesicht.

Nach einem kurzen, erbitterten Kampf hatte Matthias Sylvia die Treppen hinuntergetragen. Sylvia strampelte zwar mit ihren Beinen, viel Spielraum hatte sie aber durch das Seil nicht, mit welchem Matthias sie verschnürt hatte.

Sylvia lag im Keller. Matthias atmete noch schwer. »Ich werde dir eine Lektion erteilen! Du Miststück! Du wirst noch lernen, dich unterzuordnen!«

Matthias drehte sich um und ging wieder zur Treppe.»Glaub nicht, dass es mir Spaß macht. Es ist besser so. Um das Geld kümmere ich mich. Keine Sorge.«

Dann stieg er die Treppe wieder hinauf. Oben verschloss er die Kellertüre und Sylvia kauerte in der Dunkelheit.

Matthias setzte sich ins Wohnzimmer und schaute erneut in die Tasche. Er griff hinein, nahm das Geld heraus und zählt die Scheine. Ein Grinsen machte sich auf seinem Gesicht breit.

Sylvia robbte zu einer Mauerecke und scheuerte ihre Fesseln an einem unverputzten Ziegelstein.

Matthias hatte das ganze Geld säuberlich in Päckchen vor sich aufgebaut. Mit selbstzufriedener Miene lehnte er sich mit hinter dem Kopf verschränkten Händen zurück.

Sylvia war es nach einer Viertelstunde gelungen, sich ihrer Fesseln zu entledigt. Sie ging die Treppe empor und drückte die Klinke herunter.

»Mist«, fluchte sie vor der verschlossenen Tür.

Matthias nahm sich eine Flasche Wein, entkorkte sie und setzte sich wieder auf die Couch.

Sylvia suchte die Regale ab, die mit Gläsern und Konserven vollgestellt waren. Dann kramte sie in einer Kiste und holte ein Beil heraus. Sie nahm einen Eimer und riss den Henkel ab. Auf dem Boden schlug sie mit dem Beil das eine Ende des Henkels platt. Sie begab sich erneut zu der verschlossenen Türe und steckte das präparierte Ende des Henkels in das Schloss.

Matthias hatte die Beine auf den Tisch gelegt. Er nahm einen Schluck Wein direkt aus der Flasche, dann hörte er die Kellertüre aufspringen und verschluckte sich fast am Wein. Er sprang vom Sofa auf und rannte in den Flur.

Sylvia stand bereits im Flur und schien ihn zu erwarten.

Für Sekunden standen sie sich reglos gegenüber.

Matthias zerstörte die Stille.»Ich hasse dich!«

»Ich dich auch.«

An Sylvias Hosennaht baumelte das Beil, das sie in der Kiste gefunden hatte.

12.

Sylvias hatte sich Matthias Wagen genommen. Das gute Auto, dachte sie und musste schmunzeln. Sie hielt auf dem kleinen Platz vor dem Haus, griff ihre Tasche und stieg aus dem Auto. Sie meinte, dass sich am Fenster rechts neben der Türe kurz die Gardine bewegte, als sie auf die Haustüre zu ging. Als sie die Türe erreicht hatte, öffnete sie sich einen spaltweit.

Sylvia versuchte einen Blick ins Innere des Hauses erhaschen, alles was sie sah war Dunkelheit.

»Harald? Ich bin es!«

»Stop! Wer immer du auch bist, was willst du?«

Sylvia zweifelte, ob es eine gute Idee war, hier her zu kommen.

»Mensch, Harald! Ich bin es, Sylvia! Du weißt schon! Wir haben zusammen Abi gemacht! In Bio haben wir nebeneinander gesessen!«

»Sylvia ... Ach du ... Also gut, komm rein.«

Sylvias Gesicht hellte sich auf und sie trat in das Haus.

»Aber langsam!«, befahl Harald.

Harald stand mit reserviertem Blick im Flur, Sylvia versuchte mit einem optimistischen Blick die Stimmung zu entschärfen.

»Harald! Schön dich zu sehen. Was ist los mit dir?« Erst da sah Sylvia die Pistole, die Harald allem Anschein nach schnell in seinen Hosenbund zurückgesteckt hatte.

»Was soll die Pistole?«

»Ich bin nur vorsichtig. In diesen Tagen ... alles kann geschehen ... Alles ist möglich!«

»Ich wollte dich fragen, ob ich bis morgen hier übernachten kann. Ich habe zu Hause ein paar Probleme. Nur bis morgen!«

Harald starrte sie an. Er versuchte die Pistole mit seinem Hemd zu bedecken. Ganz sachte baute sich ein Lächeln in seinem Gesicht auf.

120

»Nur bis morgen?«

Sylvias Augen verengten sich.

Die Küchenlampe spendete nur wenig gelbes Licht. Harald saß am Küchentisch am Fenster und spähte durch sein Fernglas hinaus. Seine Pistole hatte er auf die Fensterbank gelegt. Immer wieder rutschte er nervös auf seinem Stuhl hin und her. Sylvia traute sich kaum zu atmen. Nur bis morgen, dachte sie, und dann werde ich alle Wahnsinnigen hinter mich lassen!

Harald hatte sich eine Tüte Chips aufgemacht und griff ab und zu hinein.

»Wenn Du Hunger hast, nimm ruhig!«, bot er ihr an.

»Wonach suchst du da draußen?«

»Nichts. Ich bin nur vorsichtig.«

»Wovor hast du Angst?«

»Ich habe Entdeckungen gemacht. Davon träumt die Menschheit! Ich will nicht, dass man mir alles kaputt macht.«

»Was denn für Entdeckungen?«

Harald ließ das Fernglas sinken und starrte sie an.

»Willst du mich ausspionieren? Haben SIE dich geschickt?«

Sylvia blickte ihn verzweifelt an.

»Jetzt fang nicht mit diesen alten Geschichten an ...«

Harald erhob sich von seinem Stuhl und kam um den Tisch zu Sylvia.

»Das sind keine alten Geschichten. Ich arbeite seit über 10 Jahren daran. Und vor zwei Monaten habe ich Erfolge erzielt. Die Menschheit wird noch staunen! Sie wird vor mir erzittern!«

»Ich weiß. Das erzählst du schon länger. Hast du die Mächte der Nacht beschworen?«

Harald beugte sich zu ihr, wartete kunstvoll wenige Sekunden und sprach: »Ja!«

»Und?«

»Ich habe schon einen. Für das große Werk brauche ich nun noch einen zweiten ... nun sagen wir mal ... Freiwilligen! Die zwei symbolisiert die Polarität, und zwischen zwei Polen kann das große Werk gelingen!«

»Freiwilligen? Lass mich bloß mit deinen Gespenstergeschichten zufrieden!«

An der Haustüre klopfte jemand rhythmisch. Harald schaute ruckartig auf, beruhigte sich aber sofort.

»Ah, Thomas!«

»Thomas!?«

Harald verließ die Küche und ging zur Haustüre und ließ Thomas herein.

»Thomas! Komm, die Luft ist rein. Die Kleine da ist sauber!«

Thomas betrat lächelnd die Küche, seine Miene verdunkelte sich schlagartig. Sylvia schaute ihn ebenfalls entgeistert an.

»Sylvia!«, entfuhr es Thomas.

»Thomas!«, revanchierte sich die Angesprochene.

Haralds Blick pendelte zwischen den beiden. »Ihr kennt euch? Ach ja, Mensch! Stimmt! Au weia, daran habe ich gar nicht gedacht.«

»Wie geht es dir?«, versuchte Sylvia den Weg in eine normale Konversation.

»Ach, wie soll es schon gehen. Gut. Und du? Was hast du in den letzten ... wie lange ist es jetzt her?«

Thomas blieb in der Küche stehen und wirkte etwas zusammengesunken; nervös spielte er mit seinen Händen.

»Äh ... Ich glaube acht Jahre«, vermutete Sylvia.

Harald hatte sich wieder an das Fenster gesetzt und schaute mit seinem Feldstecher nach draußen.

»Stimmt«, nickte Thomas. »Im Sommer sind es acht Jahre. Bist du immer noch mit ihm zusammen. Mit diesem Matthias?«

Sylvia rutscht leicht nervös hin und her. »Ja, also nein. Jetzt nicht mehr.«

Thomas grinste leicht verunsichert. »Also ist es noch nicht so lange zu Ende?«

»Ja.«

»Jetzt mach ihm keine falschen Hoffnungen!«, witzelte Harald ohne das Fernglas vom Gesicht zu nehmen. »Willst du ein paar Chips?«, fragte er seinen Freund.

Sylvia und Thomas schauten ihn regungslos an, ohne eine Miene zu verziehen.

»Sag mal Harald«, fragte Thomas »hast du irgend eine blöde Dummheit in der letzten Woche begangen?«

»Dummheit? Nein.«

»Komm schon, du weißt, dass ich zu dir halte!«

Thomas schaute nachdenklich zwischen Sylvia und Harald hin und her.

»Sylvia, würde es dir was ausmachen, uns ganz kurz alleine zu lassen?«, bat Thomas.

Sylvia schaute pikiert auf, dann stand sie auf. »Natürlich. Bei so einer Männerfreundschaft.«

»Ganz die alte«, fluchte Thomas leise.

Sylvia verließ die Küche und Thomas blickte ihr nach, dann nahm er sich einen Stuhl und rückte ihn nah zu Harald. »Jetzt hör mal. Zwei von den Kessler-Brüder waren heute früh bei mir. Du weißt schon, wen ich meine.«

»So? Diese Rabauken? Die auf jeder Party alles klein schlagen?«

Thomas beugte sich dicht zu Harald. Harald schaute aus dem Fenster und wirkte abwesend.

»Genau. Und du weißt auch, dass es drei sind!«

»Natürlich.«

»Bei mir waren aber nur zwei. Sie kommen immer zu dritt!«

»Sei doch froh! Zwei machen weniger kaputt.«

»Diese zwei suchen ihren Bruder, der seit einer Woche verschwunden ist!«

»Das tut mir leid für sie.«

»Glaub ich dir sofort. Harald, sag mir ehrlich, ob du da irgend einen Quatsch gemacht hast! Ich werde dir helfen! Die zwei anderen sind immer noch gefährlich genug!«

»Lass mich doch zu Frieden. Was soll ich denn gemacht haben?«

»Das weiß ich nicht, aber du kannst mir vertrauen. Ich weiß doch um deine ganzen ... Arbeiten!«

»Aber du hast nichts verstanden!«

»Nun ja ... das ist aber auch eine schwierige Materie!«

»Lass' mich zu Frieden. Ich pass schon auf. Siehst du ja!«

Harald hielt ihm grinsend sein Fernglas unter die Nase und Thomas gab resigniert auf. Dann steckte Sylvia ihren Kopf zur Tür hinein.

»Fertig mit eurer Unterredung?«

»Ja – ja. Komm rein.«

»Thomas, willst du nicht heute Abend mit uns was essen?«

Sylvias Augen weiteten sich. Das würde aber ein interessanter letzter Abend in Deutschland.

»Nein danke. Ich muss noch weiter.«

Sylvia entspannte sich wieder. Harald grinste zufrieden.

»Schade«, sagte Harald, »na, dann.«

Thomas griff die Türklinke. »Euch einen schönen Abend. Und pass gut auf!«

Dann verließ Thomas die Küche.

13.

Hans und Anton saßen auf der Couch. Das Pizzaschachtelstilleben wurde durch eine Batterie leerer Bierdosen erweitert.

Hans leerte seine aktuelle Dose, machte ein Bäuerchen und sagte: »Mensch, die dumme Sau hat bestimmt was damit zu tun.«

»Ich glaub auch. Dann tret ich den aber sowas von kaputt.«

»Also gut, Bruder. Gehen wir zu dem Penner hin und befragen wir ihn auf unsere Art. Und wenn die Sau irgendwie Dreck am Stecken hatten, gibt es keine Gnade!«

»So gefällst du mir schon besser. Du solltest mehr Bier trinken! Dieser Harald-Affe ist bestimmt noch sauer wegen dem Sommerfest. War doch nur Spaß mit dem Bier.«

»Aber du hättest ihm das Kölschglas nicht in die Fresse treten brauchen ...«

»Ist doch egal! Die Prügelei hat sich gelohnt. War super witzig! Der Bulle war klasse, als der versucht hat ...«

Hans stellte die Dose zu den anderen, stand auf und trat die Beine von Anton vom Tisch. »Auf jetzt! Da schauen wir uns mal um.«

»Sollen wir da jetzt hin?«

»Herkommen wird er bestimmt nicht.«

Anton erhob sich von der Couch. »Ja! Auf gehts!«

14.

Haralds Blick war entrückt. Er sprach leise, fast schon theatralisch, als wollte er eine feierliche Predigt halten. Er hatte immer noch die Pistole in der Hand, mit der er seine Worte wie ein Dirigent ein Orchester begleitete.

»... und glaube nicht, ich sei ein Friedhofschänder! Das denkst du doch nicht?«

Sylvia versuchte grunzend eine Antwort und schüttelte sicherheitshalber mit dem Kopf.

»Als ich das Geheimnis entdeckt habe, war mir klar, dass die Leute durch meine eigene Hand gestorben, die Energie liefern können, um nach drüben zu gelangen. Ich bin der Meister über das Leben und den Tod. Verstehst du?«

Sylvia grunzte erneut und nickte diesmal mit dem Kopf. Sylvia saß dicht vor Harald auf einem Stuhl. Sie war gefesselt und ihr Mund war mit Klebeband zugetapet. Bis auf ein leichtes Zappeln mit den

Händen gelang ihr keine Bewegung. Harald saß auf einem Stuhl, die Lehne vor sich, auf die er sich mit den Armen abstützte.

»Wenn man einmal den Kontakt herstellen kann, dann ist alles ganz einfach. Ich bin übergetreten. Mit meinem Geist. Ich gehöre schon zu der anderen Seite. Ich muss hier nur noch ein letztes Experiment machen, um den Weg nach drüben zu ebnen. Ich brauche noch ein Opfer von einem Menschen! Sein warmes Blut! Für die Energie!«

Sylvia grunzte energischer. Ihre Hände waren hinter ihrem Rücken zusammengebunden. Sie versuchte das eine Ende der Fessel mit den Fingern zu ergreifen.

»Ich brauche nur noch dich«, fuhr Harald fort. »Ich werde dich töten, aber du brauchst keine Angst zu haben, noch heute Nacht werde ich dich von den Toten auferwecken. Von drüben, von der anderen Seite! Dann habe ich mein Werk vollbracht!«

Sylvia konnte die ersten Erfolge verbuchen, sie spürte, wie sich der Knoten an ihrem Handgelenk löste und die Fessel nachgab. Trotzdem blieb Sylvia ruhig sitzen.

»Ich gehe kurz in den Keller und hole meine Axt. Ich habe sie extra für diese heiligen Zwecke geweiht!«

Harald grinste verschmitzt, stand auf, steckte seine Pistole zurück in den Hosenbund und verließ die Küche.

Sylvia schaute ihm nach. Dann, als er die Küche verlassen hatte, befreite sie ihre Hände. Sie robbte mit dem Stuhl, an dem sie noch mit den Beinen gefesselt war, zu dem Telefon. Sie riss sich das Tape vom Mund und durchblätterte ein altes Telefonregister. Ihr Zeigerfinger sauste über die Einträge und bleibt bei Thomas Handynummer stehen. Hektisch wählte sie diese.

Harald kam mit seiner geweihten Axt die Kellertreppe empor.

Sylvia stand in gebückter Haltung am Telefon und versuchte sich der Fesseln um die Füße zu entledigen, während sie dem Tuten im Hörer lauschte – dann hörte sie Thomas Stimme.

»Thomas? Ich bin es, Sylvia! Komm bitte so schnell es geht! Harald ist völlig wahnsinnig!«

Harald ging den Flur entlang zur Küche.

»Lass das jetzt! Darüber reden wir später! Jetzt komm bitte!«, flehte Sylvia.

Sylvia legte blitzschnell den Hörer auf und humpelte mit dem Stuhl an ihren Beinen hinter die Türe, dann löste sich endlich der letzte Knoten und gab Sylvia frei.

Harald öffnete die Türe und trat in die Küche. Als sein Blick in die leere Küche fiel erstarrte er.

»Sylvia?«

Der Stuhl, an dem Sylvia gefesselt war, sauste auf seinen Schädel hinab. Krachend schlug er auf seinen Schädel, dann brach Harald zusammen und stürzte zu Boden.

Sylvia schaute reglos auf Harald vor ihren Füßen. Langsam trat sie zu ihm und beugte sich hinab. Haralds Hand schnellte hervor und griff nach ihrem Knöchel; ein heiseres Stöhnen entfuhr seiner Kehle. Sylvia schrie auf und schlug ein weiteres Mal mit dem Stuhl zu. Die Lehne zersplitterte auf Haralds Kopf, Panik und Ekel standen in Sylvias Gesicht.

Harald lag auf dem Rücken. Blut sickerte aus seinem Ohr.

Sylvia beugte sich zu ihm und rüttelt ihn sachte.

»Harald?«

Harald reagierte nicht. Sein Blick starrte zur Decke.

»Mist!«, entfuhr es Sylvia. Sie suchte erst an seinem Handgelenk, dann am Hals nach seinem Puls.

»Das war's dann wohl«, stellte sie lakonisch fest.

Sylvia stand mit versteinertem Gesicht vom Boden auf. Dann schaute sie zum Telefon. Sie nahm den Hörer ab und wählt erneut Thomas Nummer.

»Ja, ich bin es noch mal. Ich wollte nur sagen, dass soweit alles in Ordnung ist. ... Nein, nein, mach dir keine Sorgen. Ich habe mich nur aufgeregt ... Ja, lass uns doch noch mal treffen, vielleicht nächste Woche ... o. k., ich freue mich. Bis dann, ich werde mich melden!«

Sylvia legte emotionslos den Hörer auf, atmet einmal durch und packte Harald bei den Beinen. Seine Pistole rutschte aus dem Gürtel und fiel zu Boden. Sylvia zerrte Harald durch die Küche in den Flur und dann die Treppe hinab in den Keller.

15.

Sylvia schleifte Harald durch den Kellergang, vorbei an ein paar Getränkekisten mit Bier und Wasser. An einer Stahltüre blieb sie stehen und ließ Haralds Beine fallen. Sie öffnete die Türe und riss Augen und Mund auf. Verzweifelt suchte sie Halt am Türrahmen und blickte abwechselnd zu Harald und in das Innere des Raumes.

Im Raum lag eine männliche Leiche.

»Du verdammter Schuft!«, fluchte sie den toten Harald an. »Das war dein Freiwilliger. Super. Und wie soll ich jetzt drei Leichen verschwinden lassen?«

Dann hatte sie eine Idee. Wütend packt sie Harald erneut und zerrt ihn unter Anstrengungen die Treppe wieder hinauf.

Mit ihrer Hacke stieß sie die Küchentüre auf und schleifte Harald in die Küche. Schweratmend positionierte sie ihn in die Mitte des Raumes. Sie streckte sich ihr Kreuz durch und der Schmerz verzerrte ihr Gesicht.

An der Haustüre hörte sie plötzlich das gleiche rhythmische Klopfen wie am Abend. Sylvia erschrak.

»Mist! Was will der denn hier?«, durchfuhr es sie.

Sylvia öffnete die Haustüre und ließ Thomas herein.

Sie setzte sich ein positives Lächeln ins Gesicht.

»Na, mein hysterischer Anruf hat dir wohl keine Ruhe gelassen.«

»Ich wollte nur sehen, ob wirklich alles in Ordnung ist. Du weißt, Harald ist nicht so gut drauf.«

»Dann komm mal rein.«

Mit einladender Geste hielt sie sie ihm die Türe auf und Thomas trat ein und steuert auf die Küche zu. Sylvia griff seinen Arm. »Äh …

komm ins Wohnzimmer. Wir wollten es uns gerade gemütlich machen!«

Sylvia schnitt ihm den Weg zur Küche ab und lenkte ihn geschickt zu der nächsten Türe. Thomas schaute sie fragend an und zeigte auf die Türe am Ende des Flures.

»Dort ist das Wohnzimmer. Oder wolltet ihr zusammen ein Bad nehmen. Kann auch gemütlich sein«, grinst Thomas.

»Thomas! Lass das!«

»Lass das! Das habe ich lange nicht mehr gehört.«

»Da bist du sicher froh!«

»Nein. Du weißt, dass es eine Ehre ist, von Harald in das Wohnzimmer geführt zu werden? Ich glaube ich war hier seit zwei Jahren nicht mehr drin!«

Thomas öffnete die Wohnzimmertüre und schaute sich zweifelnd um. Sylvia schaute geschockt. Die Möbel waren mit Laken abgedeckt und auf dem Boden lag zentimeterhoher Staub.

»Sehr gemütlich. Und wo ist unser Freund?«

»Jahhh, Harald ist zur Tanke gefahren und wollte ein paar Flaschen … wollte ein paar Tüten Chips kaufen.«

»Chips. So – so. Eigentlich hat Harald IMMER Chips im Haus. Na ja. Sein Wagen stand eben noch vor der Türe. Na gut. Vielleicht ist er mit dem Fahrrad gefahren.«

»Ja, ich glaube, dass hatte er vor. Er meinte, es könne noch ein Weilchen dauern.«

Sylvia zog ein Laken von der Couch und setzt sich hin. Thomas schaute sie mit durchdringendem Blick an.

»Vielleicht besorgst du uns ein Bier. Du kennst dich doch hier sicher aus«, bat Sylvia und versuchte ein süßes Lächeln.

»Ja. Du anscheinend nicht.«

Thomas verließ das Wohnzimmer und begab sich Richtung Kellertreppe.

Sylvia stand auf und eilte geschwind zur Türe und schaute Thomas nach. Als er im Keller verschwunden war, huschte sie durch den Flur zur Küche und verschwand in ihr.

Sylvia schaute sich blitzschnell um und entdeckte einen hohen Schrank. Als sie ihn öffnete, fielen ihr zehn Tüten Chips entgegen. Sie versuchte sie aufzufangen und wieder in den Schrank zu verstauen. Dann packte sie Harald bei den Füßen und zerrte ihn zum Schrank. Unter Mühen und Ächzen verstaute sie Harald in ihm.

Thomas kam mit vier Flaschen Bier die Kellertreppe empor.

Sylvia versuchte den Schrank zu verschließen, doch die Türe sprang immer wieder auf; sie kämpfte abwechselnd mit einem Fuß oder einer Hand oder einer herausragenden Tüte Chips. Als wieder der Fuß herauslugte, hörte sie Thoma Schritte. Sylvia trat hektisch nach dem Fuß. Dann fiel ihr Blick auf Haralds Pistole. Mit einer Hand an der widerspenstigen Türe, packte sie mit der anderen Hand die Waffe vom Boden und warf auch sie in den Schrank.

Thomas öffnete die Küchentüre und kam herein. Sylvia stand mit dem Rücken an dem Schrank und presste sich dagegen. Dann endlich hörte sie das erlösenden Klacken, als die Verriegelung der Türe griff und einrastetet. Sylvia entfernte sich vorsichtig vom Schrank – die Tür blieb zu.

»Ich habe nur noch mal nachgeschaut. Es sind wirklich keine Chips mehr da.«

»Sieh an.«

Thomas hielt das Bier in seinen Händen und schaute sie durchdringend an. Sylvia erwiderte seinen Blick ruhig.

»Dann müssen wir jetzt wohl ins Wohnzimmer«, sagte Thomas.

»Ja genau«, sagte Sylvia. Sie sah, wie sich eine kleine Lache Blut aus dem Schrank auf dem Weg in die Küche machte.

Nach einer halben Stunde leerte Thomas sein Bier und stellte es auf den Wohnzimmertisch. Sylvia hatte bisher nur beim Anstoßen einen winzigen Schluck genommen.

»Sylvia, ich danke dir für den netten Abend und deine guten Geschichten. Aber so langsam möchte ich wieder heim. Das Rätsel lässt sich heute Nacht nicht mehr lösen. Aber ich bleibe dran.«

Thomas stand auf und verließ das Wohnzimmer. Sylvia folgte ihm.

»Du gehst schon?«

»Ja, ist wohl besser.«

Thomas verließ das Haus. Sylvia schaute ihm nach, dann ging sie in die Küche.

Ohne das Licht anzuschalten huschte Sylvia zum Fenster, nahm Haralds Fernglas und schaute Thomas nach. Er verschwand hinter der nächsten Ecke und Sylvia atmete auf.

16.

Thomas wusste, dass er beobachtet wurde. Einige Meter hinter der nächsten Ecke blieb er stehen und schaute sich um. Sachte schlich er wieder zurück und versteckte sich hinter ein paar Mülltonnen, so dass er das Haus seines Freundes gut im Blick hatte. Dann öffnete sich die Haustüre und Sylvias Silhouette zeichnete sich vor dem erleuchteten Flur im Rahmen der Haustüre ab.

17.

Sylvia huschte zu ihrem Wagen in der Einfahrt und öffnete den Kofferraum. Im Innern lag Matthias mit einer Wunde am Kopf und das Beil neben ihm.

Sylvia wuchtete Matthias aus dem Fahrzeug und schleifte ihn über den knirschenden Kies ins Haus, dann schloss sie die Haustüre.

18.

Sylvia zerrte Matthias die Kellertreppe hinab und zog ihn zu dem Raum mit der Stahltüre. Sie legte Matthias in den Raum zu der anderen Leiche, dann verschwand sie wieder treppauf.

Oben angekommen sah sie, das Thomas erneut vor der Haustüre stand und gegen sie hämmert. Genervt öffnet Sylvia.

»Was ist denn jetzt?«

»Das war sehr clever. Bis jetzt. Aber natürlich nicht perfekt!«

Thomas schob sie beiseite und ging in die Küche. Prüfend schaute er sich um.

Sylvia folgte ihm in die Küche. Thomas ging mit an den Lippen gelegtem rechten Zeigefinger wie ein Detektiv auf und ab.

»Weißt du, was ich glaube?«, begann er seine Theorie darzulegen. Sylvias Blick war reserviert. »Ich bin sehr gespannt.«

»Deine Beziehung mit diesem Matthias ist völlig den Bach runter. Gut. Passiert. Dann hast du dich seiner entledigt.«

Thomas schaut sich provokativ fragend zu ihr um.

»Das war doch eben Matthias, den du aus deinem Kofferraum geholt hast?«

Sylvia schaut belämmert zu Boden. »Ja.«

Thomas zeigt mit ausgestrecktem Finger auf Sylvia.

»Ah-ha. Die Schweinerei ist nur, dass du ihn im Hause meines Freundes verstecken willst. Ihm willst du deinen Mord oder Totschlag oder was auch immer anhängen. Stimmt es?«

»Ja, aber pass auf, da gibt es noch etwas, das ist nämlich egal, wenn sie glauben er war es, denn ...«

»Sei still!«

»Nein, es ist mir noch etwas passiert ...«

Thomas zog weitere Runden durch die Küche.

»Jetzt lass mich mal denken! Ich kann die Geschichte mit den Chips immer noch nicht glauben.«

Er ging zum Schrank. Sylvia machte einen Schritt auf ihn zu, doch Thomas erreichte den Schrank zuerst.

»Warte!«

Thomas öffnete den Schrank und ihm fiel der tote Harald mit zahlreichen Tüten Chips entgegen. Thomas schrie kurz auf und sprang zurück. Entsetzt schaute er zu Harald und dann zu Sylvia, die völlig verzweifelt auf Harald starrt.

»Ich wollte ihn nicht erschlagen. Er wollte mich töten! Wirklich, ich habe mich nur gewehrt!«

Thomas hatte sich wieder gefasst.

»Notwehr. So – so. Und bei Matthias sicherlich auch. Das glaubt dir doch kein Mensch! Es sieht doch wohl eher so aus, dass du männermordend durch die Lande ziehst!«

Sylvias Verzweiflung stand in ihrem Gesicht.

»Du wolltest, dass man glaubt, er hätte Matthias getötet und du Harald aus Notwehr! Raffiniertes Stück!«

»Das war meine einzige Chance! Bitte glaube mir, das ist die Wahrheit!«

»Na, das wird jetzt die Polizei entscheiden!«

Thomas drehte sich zum Telefon um.

»Nein! Bitte nicht!«

»Bist du verrückt! Ich mache mich strafbar, wenn ich dich laufen lasse!«

Sylvia zerrte ihm am Arm.

»Hör doch auf. Meinst du, mit so was kommst du auf lange Sicht durch? Da müsstest du schon bis nach Indien fliehen.«

»Oder ein Stückchen weiter!«

Thomas drehte sich erstaunt und bewundernd zu Sylvia.

»Was? Ich glaube, du hast dich schwer verändert. Willst du wirklich abhauen?«

»Ja. Alles ist geplant. Ich muss morgen Früh um 5:30 Uhr am Flughafen sein.«

»Ich fass' es nicht. Und wovon willst du dann leben?«

»Mach dir keine Sorgen. Es ist für alles gesorgt.«

»Hast du eine Bank überfallen?«

Thomas lachte über seinen Witz.

133

»Nein. Eine Tankstelle.«

Thomas Lachen gefror im Gesicht.

»Respekt.«

»Gib mir einfach einen Tag Vorsprung!«

»Bist du übergeschnappt! Das kann ich nicht machen. Die werden mich fragen, warum ich erst jetzt komme! Ich habe mir das alles genau überlegt!«

»Ja! Der große Stratege. Und immer alles ganz korrekt! Das kennen wir ja!«

»Jetzt hör' mit den alten Kamellen auf! Du bringst mich noch um meinen Verstand!«

»Ups! Du und die Beherrschung verlieren? Das kennen wir aber noch nicht!«

Thomas zeigte mit seinem Zeigefinger auf ihr Gesicht.

»Du kannst mich ruhig zur Weißglut bringen! Mein Entschluss steht fest!«

»Thomas der Unbeugsame! Ja, mach alles nach Plan und alles läuft in geordneten Bahnen! Nie kannst du mal fünf grade sein lassen! Alles läuft wie es laufen muss!«

»Du kannst erzählen was du willst.«

Thomas ging entschlossenen Schrittes zum Telefon. Sylvia sprang hinzu, packte seinen Arm und versuchte ihn herumzuwirbeln. Thomas zerrte an Sylvia.

»Lass das!«

»Na, du kannst es ja auch sagen!«

Thomas versuchte sich aus Sylvias Griff zu befreien. Beide rangen miteinander. Sylvia flutschte unter seinen Armen heraus und sprang zum Telefon.

Thomas schrie auf. »Nein! Nicht!«

Sylvia packte das Gerät. Thomas griff ebenfalls danach, doch Sylvia riss mit aller Kraft, die Leitung spannte sich. Thomas versuchte Sylvia um die Hüfte festzuhalten, doch Sylvia ließ sich vorne überkippen, verlor das Gleichgewicht und Thomas konnte sie nicht halten. Sylvia schlug der Länge nach mit dem Telefon hin und riss das Telefonkabel aus der Wand.

»So ein Dreck! Mensch Sylvia! Was soll das denn?«

Thomas kramte in seiner Jackentasche und holte sein Handy heraus. Sylvia sprang vom Boden auf und griff nach dem Smartfon. Augenblicklich rangen die Beiden erneut.

Dann öffnete sich die Küchentüre. Sylvia und Thomas hielten inne und schauten zu den beiden Eindringlingen. Im Türrahmen standen Hans und Anton.

Anton zeigte auf die beiden am Boden. »Guck mal die zwei da. Die haben den Bekloppten umgebracht.«

Hans nickte. »Schön. Weniger Arbeit für uns.«

Thomas schüttelte Sylvias Griff ab. »Nein, ich kann das erklären …«

»Halt die Schnauze! Anton? Durchsuch das Haus!«

Anton drehte sich um und zog los. »Ist o. k.«

Thomas stand auf und baute sich vor Hans auf.

»Jetzt hör mal, ihr könnt nicht einfach bei meinem Freund in die Wohnung …«

Hans blieb unbeeindruckt. »Dein Freund ist tot. Also hab ich jetzt das Kommando!«

Zur Unterstützung seiner Worte zog er ein Messer hervor, hielt es Thomas vor das Gesicht und nahm ihm sein Handy ab, das Thomas glaubte, vor Sylvia gerettet zu haben.

»Los, ihr Pfeifen. Ich bringe euch in den Keller und da schauen wir mal, ob wir nicht ein schönes Versteck für euch finden!«

Hans winkte mit seinem Messer Richtung Küchentüre. »Voran jetzt!«

Die beiden schlichen scheu an Hans vorbei aus der Küche. Hans ging mit dem Messer in der Hand hinterher Richtung Kellertreppe. Aufgeregt kam ihnen Anton entgegen.

»Diese Arschlöcher! Die waren es! Die haben hier alle umgebracht, diese Mistviecher!«

Hans schaute Anton verwirrt an.

»Jetzt halt mal die Luft an! Ich verstehe kein Wort. Wer ist tot?«

»Manni!«

Hans Gesicht füllte sich mit Hass.

»Also doch!?«, zischte er.

Anton schrie sich in Hysterie. »Die waren es! Die waren es!! Da unten liegt nämlich noch einer! Die waren es!!«

Hans schaute zu Thomas und Sylvia. Thomas versuchte eine beschwichtigende Handbewegung. Hans lächelt leicht. »Noch eine Leiche? Sehr interessant!«

»Ich kann ... Ich will nur sagen ...«, stammelte Thomas.

Hans schien viel zu begreifen, ein Bild der vergangenen Tage baute sich in ihm auf. »Ihr beide seid also Serienkiller. Ihr habt nicht nur den Bekloppten umgebracht, sondern auch Manni.«

»Die Mörder! Ich bring sie um!!«, gellte Anton.

Anton machte einen Satz zu Thomas und prügelte auf ihn ein und schrie: »Ihr Schweine, ihr Mörder!«

»Anton! Bitte!«

Thomas ging zu Boden, versuchte sich zu wehren, Hans wollte die beiden trennen, bekam aber von seinem Bruder eins auf die Nase und torkelt zurück.

Hans gab Anton eine Ohrfeige, der weiterhin heulte und Thomas malträtierte. Sylvia wand sich ab, ging in die Küche zurück und näherte sich ihrer Tasche. Als sie die Tasche greifen wollte, spürte sie eine Hand auf ihren Schultern. Hans stand hinter ihr.

»Wo willst du denn hin?«

Im Hintergrund im Flur droscht Anton weiter auf Thomas ein, der mit wedelnden Händen versuchte Antons Schläge abzuwehren.

»Och, nichts ...«

Hans griff zur Tasche. »Zeig mal.«

Hans öffnete den Reißverschluss und schaute hinein. Ein Grinsen zuckte über seine Lippen.

Durch die offene Küchentüre sah Sylvia Anton, der auf Thomas Brustkorb kniete. Anton schaute auf und sah kurz zu Hans, der mit verklärtem Blick Bündel von Geldscheinen aus der Tasche zog.

Anton wurde unkonzentriert, hielt mit seiner Tortur inne und beobachtet Hans. Thomas nutze die Gelegenheit, bäumte sich auf, schlug gegen Antons Kinn, der daraufhin zu Boden ging. Thomas sprang auf, rannte zur Wohnungstüre und verließ das Haus.

Sylvia sah durch das Küchenfenster, wie Thomas zur Straße lief und in die Nacht verschwand. Auch Hans schaute ihm mit offenen Mund nach.

»Ey! Haltet diesen Idioten!«, schrie Hans.

Anton rappelte sich auf die Beine und rannte aus dem Haus, hinter Thomas her.

Sylvia traf ein Blick voller Hass. Hans packte sie hart am Handgelenk. »Ihr Schweine! Dass werdet ihr mir büßen! Niemand bringt einen Kessler ungestraft um!«

Sylvia wusste nicht, was sie erwidern sollte – keine Erklärung würde Hans bändigen.

»Auch dein Geld wird dich nicht retten. Mir fällt da auch schon was ein!«

Anton kam außer Atem zurück in die Küche. »Nichts zu machen, der ist weg!«

»Macht nichts«, sagte Hans. »Die Kleine wird uns mehr nutzen. Wir schnüren sie erstmal fest. Morgen werden wir sie Kurt verkaufen!«

Antons Augen leuchteten auf. »Klasse! Kurt aus Hamburg! Der macht uns sicher einen super Preis!«

Hans nickte. »Stimmt, die sieht wenigstens schön knackig aus!«

»Was habt ihr vor?«, fragte Sylvia.

»Wirste schon sehen!«, sagte Hans und griff nach dem Seil, das noch hinter der Türe lag, mit dem Harald sie am Abend gefesselt hatte.

»Du bringst sicher 'ne Menge Kohle ein! Bei deiner Figur!«

Die Jungs lachen dreckig.

»Da will ich vorher aber auch mal drüber, bevor Kurt Geld dafür nimmt!«, sagte Anton.

Die beiden lachten laut.

Hans schnürte Sylvias Arme und Beine fest zusammen, Sylvia wehrte sich, aber sie hatte gegen die beiden keine Chance.

»Eine Tasche voller Geld haben wir schon jetzt«, resümierte Hans. »Ich schlage vor, wir schauen uns im Haus um, ob wir nicht noch mehr finden!«

»Ja, genau!«

Sylvia lag regungslos auf der Seite. Hans nahm die Tasche voller Geld an sich und beide verließen die Küche; dann polterten sie durchs Haus.

Sylvia robbte über den Boden und richtete sich am Küchenschrank auf. Sie hörte die Jungs durchs Haus ziehen, dabei schienen sie nicht zimperlich zu sein; sie grölten und einiges ging polternd zu Bruch.

Sylvia öffnete mit den Händen, die ihr auf den Rücken gebunden waren, eine Schublade. Ungeschickt entnahm sie der Schublade ein Messer.

19.

Nicht unweit hastete Thomas auf sein Haus zu, riss die Türe auf und rannte hinein. Er eilte zu einem Schrank, öffnet ihn und griff seine Jagdflinte. Das Gewehr lud er mit zwei Patronen. Zufrieden schulterte er es und verließ mit entschlossener Miene sein Wohnzimmer.

20.

Sylvia schnitt ihre Fesseln durch und befreite sich zum dritten Mal aus ihren Fesseln. So langsam kehrte Routine ein. Sie huschte zur Küchentüre und schaute hinaus. Die beiden Brüder waren im Stockwerk über ihr.

Sylvia schaute zur Wohnungstüre, doch da glitt ein Schatten aus dem ersten Stock die Treppe hinab. Sylvia huschte schnell wieder in die Küche zurück. Sie schaute aus dem Fenster, öffnete es und stieg auf das Fensterbrett. Doch dann hielt sie inne, drehte sich um und lauschte auf die Stimmen der beiden Brüder. Langsam ließ sie sich wieder in die Küche gleiten. Sie schaute auf den Vorratsschrank, näherte sich ihm und öffnete ihn langsam. Sie blickte auf Haralds Pistole, die immer noch auf einem Regalbrett lag. Langsam nahm sie die Waffe an sich. Ihre Miene war starr und entschlossen. Mit todbringendem Blick schaute sie zur Küchentüre.

Sie hörte die beiden Kesslerbrüder.»Na, das hat sich doch gelohnt.«

»So, jetzt noch zu der kleinen Schlampe und dann ...«

Sie betraten die Küche. Sylvia war weg. Hans und Anton schauten sich um. Hans deutete auf das offene Fenster.

Hans schrie»Da! Schau mal!«

»Hey, wo ist sie hin? Das Biest!«

»Die kann nicht weit sein, los die kriegen wir noch!«

Beide drehten sich um und wollten aus der Küche. Silvia stand im Flur an der Haustüre, nahm die Pistole hoch und feuerte einen Schuss ab. Aus Antons Brust spritzte Blut, er schrie auf. Hans machte einen Satz zurück und Anton robbte röchelnd Hans hinterher.

»Hilf mir, sie hat mich erwischt!«

Anton griff Hans Hosenbein, beide versuchten das Wohnzimmer am Ende des Flures zu erreichen. Anton hatte sich in den Gürtel von Hans gekrallt, Hans versuchte Anton abzuschütteln. Er schrie seinen Bruder an:»Da kann ich auch nichts für! Lass mich los!«

Sylvia verfolgte sie strammen Schrittes. Hans packte Anton, und zerrte ihn mittels eines Kraftaktes mit sich ins Wohnzimmer.

Hans ließ Anton im Wohnzimmer zu Boden fallen und sprang hinter eine Kommode. Sylvia betrat das Wohnzimmer, stieg über Anton und schoss ihm im Vorübergehen ins Bein. Anton schrie auf, mobilisierte alle Kräfte und versuchte sich hinter die Couch zu flüchten. Sylvia dreht sich zu Anton und wandt Hans ihren Rücken zu. Hans zückte sein Messer, sprang hervor und riss Silvia zu Boden. Anton traute sich mühsam hervor. Noch im Sturz zu Boden schoss Sylvia zum dritten Mal, diesmal in Antons anderes Bein, er stürzte schreiend zu Boden.

Hans verdrehte Sylvias rechten Arm auf den Rücken, mit links nahm sie ihr Waffe und schoss ein letztes Mal auf Anton. Endlich sackte er tot zusammen.

Hans schrie auf, schlug ihr die Pistole aus der Hand und warf Sylvia auf den Rücken. Silvia wehrte sich verbissen mit ihrer linken Hand. Hans holte mit seinem Messer aus und rammt es ihr durch die Handinnenfläche in den Boden.

»So, du kleines Stück Scheiße, jetzt ist Ende!«

Silvia zerrte an der durchstoßenden Hand, doch sie war mit dem Messer fest an den Boden genagelt. Sie strampelte und schrie. Hans riss an ihren Kleidern.

»Baby, jetzt popp' ich dich und dann mach ich dich kalt!«

In diesem Moment, als Hans am Hosenbund fingert, löste sich das Messer aus dem Boden. Silvia schlug mit dieser Hand, aus dessen Handrücken die Messerspitze ragte, in den Bauch ihres Peiniger und riss Hemd und Bauchdecke auf.

Hans schrie gellend auf; den Blick fest auf die Darmschlinge, die sich einen Weg ins Freie bahnte. Er brach zusammen und wand sich auf dem Boden. Sylvia erhob sich sich, nahm die Pistole wieder auf und drückte ab, doch es löste sich kein Schuss. Fassungslos schaute sie auf die Waffe. Hans grinste unter seinem schmerzverzerrtem Gesicht und erhob sich unter Mühen. Hans packte Sylvia mit der Linken. Sylvia versuchte verzweifelt die Waffe in Gang zu bekommen. Hans rechte Hand traf sie mit voller Wucht ins Gesicht, Sylvia schleuderte herum und stürzte zu Boden.

Hans nahm sein Messer vom Boden auf und näherte sich Sylvia. In einer imposanten Geste baute er sich über ihr auf und holte mit dem Messer weit aus.

Ein Schatten bildete sich hinter Hans. Irritiert schaute er hinter sich und schrie unvermittelt auf. Matthias Axt sauste auf ihn hinab und zertrümmerte seine Schläfe; knirschend gab der Schädelknochen nach, Hirn quoll heraus; leblos brach Hans zusammen.

Vor Sylvia stand Matthias. Er hatte eine gehörige Beule an der Stirn und er hielt die Axt in seinen Händen, von der noch das Blut tropfte.

»Du dachtest wohl, dass du mich mit diesem albernen Beil umbringen konntest?«, sinnierte Matthias. »Weit gefehlt. So ein Mann wie ich hält viel aus. Wir beide gehen jetzt nach Hause! Und dann will ich nie wieder so Zicken erleben. Sonst muss ich mir schlimmere Strafen ausdenken.«

Matthias beugte sich zu Sylvia herab.

»Keine Angst, meine Kleine. Ich verzeihe dir. Ich habe gehört, dass das ganze Geld noch da ist! Das nehmen wir jetzt und fahren nach Hause.«

Sylvia hockte noch auf dem Boden. Er half ihr, sich aufzusetzen und drückte sie an sich.

»Zuhause kannst du mir einen Tee kochen und du wirst auch keine Strafe bekommen. Wenn so etwas jedoch noch mal passiert, dann bringe ich dich um!«

Sylvia hatte Tränen in den Augen. Matthias schaute sie eindringlich an, dann stand Sylvia auf, sie hatte immer noch die Waffe in der Hand.

»Aber ich glaube ganz fest, dass so etwas nie wieder passiert«, vermutete Matthias. »Stimmt's?«

Sylvia schluchzte. Sie konnte ihm nicht in die Augen schauen.

Matthias wiederholte seine Frage energischer. »Stimmt's? Sag es!«

»Ich will nur eins. Weg von dir! Dich nie wieder sehen!«

»Das ist sehr bedauerlich. Aber ich bin voller Hoffnung, dass du schon nach ein paar Lektionen gelernt hast, dass du zu mir gehörst! Komm jetzt!«

Matthias ging einen Schritt auf die Zimmertüre zu. Sylvia erhob ihre Waffe und zielt auf ihn. Er drehte sich zu ihr um und schaut sie ruhig und siegessicher an.

»Komm, du schaffst es nicht. Wir müssen Heim ...«

Sylvia zog den Abzug durch. Ein Schuss löst sich und Matthias ging getroffen zu Boden. Er zuckte und wollte sich aufbäumen, doch Sylvia schoss ein zweites Mal. Wieder spritze Blut aus seinem Brustkorb. Verzweifelt klammerte er sich an ein Bein von Sylvia, doch sie blieb völlig ruhig stehen. Ein dritter Schuss traf Matthias. Dann blieb er regungslos liegen.

Sylvia blickte die Leiche mit Genugtuung an. Dann öffnete sich die Türe und Thomas Sprang in das Zimmer, mit seinem Gewehr im Anschlag, mit dem er auf Sylvia zielte. Er schaute sich im Zimmer um, erblickt die Leichen, entspannte sich und nahm erstaunt die Waffe herrunter.

»Bin ich zu spät?«

Sylvia schaute immer noch auf den blutbesudelten Matthias.

»Ja.«

Dann schaute sich Sylvia in einer leichten Drehung im Wohnzimmer um. Die zwei Brüder lagen ebenfalls blutbesudelt herum. Sylvia atmete tief durch und schaute Thomas an und sagte: »Ich dachte du hättest dich verpisst! Dass du noch mal zurückkommst …«

Thomas baute sich vor Sylvia auf. »Natürlich. Ich wollte dich doch noch der Polizei ausliefern!«

Sylvias Lächeln gefrohr im Gesicht.

»Das glaubst du mir tatsächlich?«, fragte er mit einem verschmitzten Grinsen.

»Ich habe nie erlebt, dass du von einem Plan abgewichen bist.«

»Die Dinge ändern sich. Nimm dein Geld und hau ab.«

Sylvia strahlte. Sie machte einen Satz zu Thomas, einen kurzen Moment standen sie sich regungslos gegenüber. Dann riss sich Sylvia los.

Sylvia ging mit ihrer Tasche zum Wagen. Thomas stand am Türpfosten angelehnt und schaute ihr nach.

»Fahr langsam!«, rief er ihr zu. »Du hast noch genügend Zeit. Bis fünf schaffst du es locker zum Flughafen!«

Sylvia öffnete die Fahrzeugtüre und warf die Tasche auf den Rücksitz, sie drehte sich noch mal zu ihm um, bevor sie sich in den Wagen setzte.

»Leb wohl!«, verabschiedete sie sich.

Thomas lächelt sie ein wenig bitter und ein wenig erschöpft an.

»Hau ab!« rief er ihr nach.

Sylvia startete den Wagen und fuhr davon. Thomas schaute ihr nach, bis der Wagen auf der Dorfstraße aus seinem Blick verschwand.

21.

Sylvia verstaute das Handgepäck und setzte sich neben Verona. Erst als das Flugzeug auf dem Rollfeld Fahrt aufnahm, war Sylvia in der Lage, sich auf Veronas Worte zu konzentrieren. »... und erst beim dritten Versuch hatte mich endlich Marcus bei sich pennen lassen. Ich bin noch mal raus, zum Rauchen, weil man bei dem nicht in der Wohnung rauchen darf, und als ich zurück wollte, war die Tür zu und der Schlüssel steckte von innen! Dann musste ich doch die ganze Nacht draußen pennen! Das war vielleicht schrecklich!«

Sylvia seufzte und sagt: »Was für ein Abenteuer!«

Verona schaute ihre Freundin genauer an. »Sag mal, ist das Blut an deinen Klamotten?«

Sylvia lächelte. »Ja.«

Bereits von Richard Zoller erschienen:

Schattenbücher I - III

Mysteriöse Geschichten aus Bonn und dem Siebengebirge
Paperback, 160 Seiten
ISBN-13: 9783833498282
Verlag:Books on Demand

Schattenbücher 4 - 6

Dre weitere mysteriöse Kriminalgeschichten aus Bonn,
dem Siebengebirge und dem Umland
Paperback, 156 Seiten
ISBN-13: 9783735751508
Verlag:Books on Demand

Auch als Ebook:

ePUB, 549,6 KB

DRM:hartes DRM

ISBN-13: 9783735714640

Verlag:Books on Demand